줄무늬를 슬퍼하는 기린처럼

줄무늬를 슬퍼하는 기린처럼

박형준 시집

창비

차
례

제 1 부

달나라

달나라의 돌

아라비아에 달나라의 돌이 있다
그 돌 속에 하얀 점이 있어
달이 커지면 점이 커지고
달이 줄어들면 점이 줄어든다*

사물에게도 잠자는 말이 있다
하얀 점이 커지고 작아지고 한다
그 말을 건드리는 마술이 어디에
분명히 있을 텐데
사물마다 숨어 있는 달을
꺼낼 수 있을 텐데

당신과 늪가에 있는 샘을 보러 간 날
샘물 속에서 울려나오는 깊은 울림에
나뭇가지에 매달린 눈〔雪〕이
어느새 꽃이 되어 떨어져
샘의 물방울에 썩어간다
그때 내게 사랑이 왔다

마음속에 있는 샘의 돌

그 돌 속 하얀 점이

커졌다 작아졌다 하는 동안

나는 늪가에서 초승달이 되었다가 보름달이 되었다가

그믐달로 바뀌어간다

* 플리니우스의 말이라고 함. 헨리 데이비드 소로 『달빛 속을 걷다』
  (조애리 옮김, 민음사 2018) 참조.

봄비 지나간 뒤

봄비는
간질이는 손가락을 갖고 있나?
대지가 풋사랑에 빠진 것 같다
꽃보다 먼저 물방울이
나무의 몸을 열고 있다
물방울마다 가득
무지개가 돌고 있다
공원 길을 지나가는 사람들이
그 속에 방울방울 떠다닌다

빛이 비스듬히 내리는데

새끼 고양이들이
대추나무에 올라가 장난을 치네
아파트에 혼자 사는 노인이
대추를 따려고
바지랑대를 들고 서 있네
쪼글쪼글해진 붉은 햇살이
새끼 고양이 앞발처럼 이리저리 움직이네
나뭇가지 사이로
바지랑대를 올리면
새끼 고양이들이 발로 밀어내고
빨래를 걷듯이 노인은
바지랑대로 하늘만 재고 서 있네

나무 속의 새

나무 속의 새야
내가 너의 이름을 부르면
너는 날아가겠지
나무 빛깔을 닮은 새야
너는 부엌에서 일만 한
엄마의 잿빛 손등을 닮았구나
부엌 벽의 검댕을 보며
노래를 부르던 엄마
너는 왜 노래를 부르지 않고
고개만 갸웃대니
나무 속의 새야
몇날 며칠
잎사귀 속을 들락거리는 너를 보며
나는 이름을 찾고 있지만
내가 너의 이름을 부르면
너는 벌써 다른 나무로 날아가고 없겠지

아침의 추락

꿈에서였다
비 온 뒤 아침 숲길을 걷고 있었다
천사의 눈동자로 가득한 나무를 보았다
물방울로 된 눈동자,
그 눈동자에
수천수만의 내가 비쳐 나오고 있었다
물방울 안에 돌고 있는 모습이
무지개 같았다
나무가 잎사귀를 흔들 때마다
바람의 영혼에서 솟아나는 음표처럼
물방울 속에서 찰랑거렸다
그러다 이윽고 땅으로 떨어져내렸다
천사의 눈에 비치면
저승에 간다는 말이 생각났다
눈부신 아침의 추락이었다

비의 향기

인도의 카나우지 지방에서는
미티 아타르*라는 이름으로
비 향기를 담아 향수를 만든다
사람들에게 비가 오기 직전의 고향 땅의 풋풋한 흙내음을
사실적으로 떠오르게 한다는 흙 향수
내 고향은 정우(淨雨)인데,
맑은 비가 뛰어다니는 지평(地平) 마을이다
생땅을 갈아엎은 듯한
비에서 풍기는 흙내음,
비 향기 진동하는 지평선,
그 진동을 담은 시를
단 한편이라도 쓸 수 있을까

* miti attar, 흙의 향기.

16

저런 뒷모습

한 손으론 장난감 트럭에 매인 줄을
한 손으론 엄마의 손을 잡고
어린아이가 거리에 서 있다
장난감 트럭에
무엇을 실으려고
아이는
엄마의 손을 잡고
거리에 나왔을까?
저런 뒷모습이
내게 있었을까?

아침 인사

그 땅은 햇빛이 물처럼 흘러내리는 곳
고원의 어디쯤이었을까
담벼락이 길게 펼쳐져 있고
그 아래 십여 미터쯤 떨어져서
늙은 남녀가 나란히 앉아 똥을 누고 있었다
태어나서 지금까지 그렇게 해왔다는 듯
푸근한 인사를 나눈다
오늘도 서로에게 아침 안부를 전한다
담벼락 아래에서 모든 일이 잘되어가고 있다

은하

밤하늘에도 등대가 있을까
있다면 어떻게 생겼을까
밤하늘을 날아가는 꿈을 꾸고 싶은데
언제나 떨어지는 꿈만 꾼다
밤새 엎드려 종이에 몇자 끄적이다가
잠이 들어 꿈을 꾸는데
밤하늘에 구멍이 난 듯 글자들이 아래로 떨어지기 시작한다
가령 엄마는 왜 내 꿈에 한번도 안 나와 같은,
이제 별로 남아 있지 않은 달, 별, 바람, 나무, 고향 같은
닳고 닳은 그리움이
구멍 난 백지 아래로 떨어져간다
밤하늘에는 그 말들을 위한 등대가 있을까
내 안에 쓸쓸하게 살다 간 말들을 받쳐줄
부드러운 손이 아직 있을까
밤하늘에 끄적인 말들이
몇억광년을 달려와
눈을 뜬 아침에 백지에 적혀 있다면
그건 떨어지기만 하는 꿈이
저기 아침 이슬 속에 맺힌 은하 같을 텐데

달빛이 참 좋은 여름밤에

들일을 하고 식구들 저녁밥을 해주느라
어머니의 여름밤은 늘 땀에 젖어 있었다
한밤중 나를 깨워
어린 내 손을 몰래 붙잡고
등목을 청하던 어머니,
물을 한바가지 끼얹을 때마다
개미들이 금방이라도 부화할 것 같은
까맣게 탄 등에
달빛이 흩어지고 있었다
우물가에서 펌프질을 하며
어머니의 등에 기어다니는
반짝이는 개미들을
한마리씩 한마리씩 물로 씻어내던 한여름 밤
식구들에게 한번도 약한 모습 보이지 않던
어머니는 달빛이 참 좋구나
막내 손이 약손이구나 하며
시원하게, 수줍게 웃음을 터뜨리셨다

쥐불놀이

호롱불 그늘 속 작게 타오르던 몇낱 불티, 바람 먹은 말라
깽이 무를 던져버리던 벌판에서 황혼을 배웅하며 마른하늘
을 차지한 달 하나

빈 마을에 떠오르면
지느러미 흔들리는 소리가 귓가에 가득 흘렀다
빈 들판의 가슴에
성냥불만 한 꿈을 살짝 댕기던 아이들,
무구한 별 하나 주우며
지평(地平)의 나라를 찾아가는가

저 은은한 불길을 따라
그때 나는 겨울밤 속으로 꼬리연처럼 날아갔다
어린 날 앉은뱅이책상 위 침 묻혀 써논 일기들이
서투른 언어로 봄을 이야기할 때
지느러미 흔들며 날아가서
지평의 음색(音色)이 되었다
불티로 떠오르는 둥근 달의 음악이 되었다

부탄 두루미

나는 부탄에 가본 적 없지만 부탄 두루미를 안다
내일이 어떤 날인지 알지 못하면서
죽은 사람의 주소로 안부 편지를 보내기도 하고
잘 알지도 못하면서 사람들 앞에서 사는 흉내를 낸다
그런 날엔 씨를 뿌릴 때가 되었다고 부탄의 들녘으로 날
아오는 두루미를
의자에 앉아 컴퓨터를 켜고 멍하니 바라본다
달력이 없어도 달력인 듯
날개에 시간을 새긴 새들
산정의 들판에 두루미가 내려앉으면
농부들은 약속 날짜가 온 것처럼 농사를 준비한다
오늘은 한 소녀가 숲 앞에서 사슴을 부른다
숲에서 나온 사슴이 소녀를 앞세우고 들녘 길을 걸어간다
소녀는 다친 사슴을 사원에서 선물 받아 기르다가
사슴이 다시 걷게 되자 숲으로 돌려보냈지만
아침밥 먹을 때가 되면 사슴은 소녀의 목소리에 고개를
내밀고 밥을 먹고
그들은 언제나 똑같은 모습으로 그렇게 들녘 길을 걸어
간다

나는 부탄에 가본 적 없지만 부탄 두루미를 안다

부탄의 소녀와 사슴의 사연을 알고 그들 사이에 똑같은 시간이 있음을 안다

삶에 싫증 난 날엔 유튜브로 그들의 시간을 재생한다

밤의 밑바닥에서, 낙수 홈통에서 들리는 새소리에 귀 기울이며,

부탄 두루미 같은 시간이 달력처럼 펼쳐질 새벽길을 나선다

나비는 밤을 어떻게 지새우나

외로움에도 색채가 있다면
나무에 달라붙어 밤을 견딘 나비의 외로움은
아침에 어떤 색깔이 되었을까
동트는 새벽이 무작정 희망이 되지 못하고
나뭇잎에서 떨어지는 아침 이슬 한방울에도
쉬이 상처를 입는 나비
나비 날개에 찍힌 점들은
밤공기의 흔적일까 불꽃일까
밤마다 처음으로 다가오는 대지와
폭풍의 소용돌이,
한 무리의 구름을 인식하며
숲속에서 별들의 흐름을 조용히
날개에 잉크처럼 떨구어가는 나비
사람들은 모두 저마다 외로움의 색채가
다르게 나타난다는데
내 외로움의 색채는
누구의 숨겨진 빛에서 오는지
아침 햇살 속에서 접었다 폈다 하는
나비의 날개가

분가루를 흘린다
공중에 씌어졌다 사라지는
편지

오후 서너시의 산책 길에서

꽃은 무릎 같다
꽃 앞에 서면 마음이 어려진다
그리하여 나는 나른하기만 한
내 앞을 지나가는 다정한 노부부의
무릎 나온 바지를 찬양하게 된다

땅에서 올라오는 직선은
허공에서 구부려지기 위해
발에 힘을 주고 있다
허공이 무릎을 구부리면
비로소 꽃이 되는가

꽃 앞에서
시간은 주름이 된다
사람도 나비도 벌도
주름을 따라 추억을 한없이 주둥이로 빨고 있다
그리하여 지금까지,
꽃 앞에서 시간을 다림질하여 편 이는 없다

해바라기

물방울 속에 사람들이 잠자고 있다
작은 씨앗 속에 춤추는 죽음들이 있다

늦가을 찬 저녁

잎이 땅에 다 떨어져도
얼굴에 촘촘히 어둠을 박아넣으며
하나의 생각으로 오오,
하늘을 향해 다시 뜨거워질 수 있다

이 봄의 평안함

강이나 바다가 모두 바닥이 일정하다면
사람들의 마음도 모두 깊이가 같을 것이다
그러면 나무의 뿌리가 땅 밑으로 뻗어나가는 것과
허공을 물들이는 잎사귀의 춤 또한 일정할 것이다
저기 나무 속에서 사람이 걸어나오도록 인도하는 것이
봄이라면
마음속에서만 사는 말들을 꺼내주는
따뜻한 손이 또한 봄일 것이다
봄꽃들은 허공에서 우리를 기쁨에 넘쳐 부르는 손짓이며
누군가 우리를 그렇게 부른다면
우리 또한 그처럼 잊힌 누군가를 향해 가리라

달

너를 올려다보면
너는 상처를 입고 있구나

벌써 상처 속에서 환하구나

감정을 끝까지 실험하다
미쳐버린 시인같이

상처가 시인 너는

상처의 수집가인 너는

골짜기마다
누군가를 잊지 못해
올려다보는 눈길로
깊어가는구나

전철의 유리문에 비친 짧은 겨울 황혼

겨울 해는 짧아
저녁이 오기도 전에
어두워지지
회사원이라면 퇴근하기도
술 한잔하자고
친구를 부르기에도
겨울 저녁은 그래서
저녁 같지 않은 저녁이지

한가하다고도 말할 수 없고
붐빈다고도 말할 수 없는
겨울 저녁의 전철을 타고
어디로 가는지
잠깐 생각이 안 나는 사이

황혼은 향수(鄕愁)의 향수로
몸에 스미는지
저기
전철 출입문에 얼굴을 대고

한 여자도 울고 있다

우는 동안만
모든 것을 잊지 않겠다는 듯
출입문 유리에 흐르는
눈물 자국에
황혼이 입김처럼 서려 있다

나와 거리가 멀지 않은
저기 저녁 같지 않은
저 짧은 황혼에
나도 잊지 못한
어떤 숨결이 창에 이마를 대고
그렇게 사라지고 있다

저녁나절

반지하 창문 앞에는
늘 나무가 서 있었지
그런 집만 골라 이사를 다녔지
그 집들은
깜빡 불 켜놓고 나온 줄 몰랐던
저녁나절을 얼마나 많이 갖고 있었던가
산들바람이 부는 저녁에
집 앞에서
나는 얼마나 많이 서성대며 들어가지 못했던가
능금나무나 살구나무가 반지하 창문을
가리던 집,
능금나무는
살구나무는
산들바람에
얼마나 많은 나뭇잎과 꽃잎을 가졌는지
반지하 창문에서 흘러나오는 불빛에
떨어지기만 했지
슬픔도 환할 수 있다는 걸
아무도 없는 데 환한

저녁나절의 반지하집은 말해주었지

불 켜진 저녁나절의 창문을 보면
아직도 나는 불빛에 손끝이 가만히 저린다

득도

불이 켜지는 가로등과
저녁나절의 햇살이 뒤섞여 있다
밤과 저녁이 구별 안 되는
황홀의 시간
빛이 있으라 하면
거기, 하루살이가 있다
가로등의 빛을 둥글게 휘감아
날개를 떨며
태양이 도는 소리를 내느라 여념 없다
나는 것만 생각하느라
우화하자마자
입이 퇴화해버린 단식가
하루살이떼는 배가 고프면
일몰 속에서 일출의 신비를 안다는 듯
가로등을 휘감으며
이글거리는 알을 낳는다
갈대의 흰 털처럼 날린다

제 2 부

패턴

동네 천변을 매일

걷다보면, 발바닥에서 어린아이의 웃음이 솟아난다 나무
가 한시도 쉬는 법이 없다는 것을 알게 된다

무표정한 건물들이 이름을 달고 있다는 것을, 사물들의
내부에서 이름이 술렁인다는 것을, 가볍게 가볍게 발바닥으
로 풀잎처럼 들어올리는 세상이 있다는 것을

물속에 주둥이를 넣었다 뺐다 하루 종일 바쁜 새끼 오리
들의 엉덩이를 보노라면

바람 속에서 하얗게 웃음 지으며 애인의 집으로 달려가고
싶다

겨울 동안 나무들은 생각을 했고, 봄은 그 생각으로 나뭇
잎을 바꾸며 오고 있다

변두리 동네에 사는 이 기쁨

잉어들이 있는 물웅덩이에서 느끼는, 혈관 속에서 팔팔
뛰는 이 슬픔

사춘기 소년으로 돌아가 헤아릴 수 없던 병(病)을 따라 열
리는 이 꽃잎

걷다보면, 그리하여 나는 손바닥도 발바닥도 없이 물 위
에서 투명한 생각으로 흘러가

내 삶이 한 장소와 한 풍경으로 축소되어 내 어머니의 피

부 빛깔이 흑인처럼 검다는 것을 깨닫던 그때로,

　그 슬픔으로 돌아가 어머니의 무릎에 다시 누워보는 것
이다

불광천

천변을 거닐다가 밤잉어들을 보았다 낮에는 보지 못했던 잉어들을 밤에 보았다

천변의 벚꽃 길에서 멍하게 봄은 광선에 겨울의 질병 부위를 쬐고 있다가 떨어져내리는 벚꽃들로 강물의 비늘이 되었다 밤잉어들은 비늘과 지느러미, 두 단어로 왔다

잉어들은 처음엔 소리로 다가왔다 사진기 셔터를 찰칵찰칵 누르듯이 지느러미를 털며 회귀하는 소리가 귀로 눈으로 쏟아져 들어왔다

여기까지 오려면 한강과 경계에 있는 시멘트 보를 뛰어넘어야만 한다는데 밤에 상류로 올라가는 건 수초에 알을 낳기 위해서라는데

보의 난간을 뛰어넘으려고 지느러미가 파닥거릴 때마다 물고기 배에 피멍이 드는 환영이 내 눈에 찍히고 있었다 밤물결 속에서 수천의 비늘이 튀어올랐다 여기서 불광사(佛光寺)는 멀지 않다는데 잉어들은 새벽에 빛으로 가득한 상류에

알을 낳는 건지, 나는 그들의 밤 유영에서 영원을 보았다

　잉어들이 상류로 올라가고 나는 반대로 한강을 향해 내려가는데, 기슭에선 물결에 얼비치는 벚꽃 비린내를 부리로 건져내며 오리 한마리가 울고 있었다

패턴
한남대교

산책 길에 잠시 멈춰 서서
대교 밑을 바라보고 있으면
물속에 박힌 콘크리트 교각이
줄지어 있는 모습, 신전으로 들어가기 위해
끝도 없이 펼쳐진 복도 같다
기둥이 반복되며 깊어지고
반복이 만들어내는 그 깊이를
더이상 견딜 수 없을 때,
나는 다리의 신도가 된다
기도를 올리며
어둠과 빛이 섞여 찰랑이는 물결
영원으로 가는 소리를 따라
저 길을 건너간 사람이 나 자신이라고 상상한다
그 사람이 나 자신이라면
나는 교각이 나무라고 생각하며
있는 대로 수액을 빨아올려
앞서간 신도들의 발자취가 선명한
물결마다 입을 맞추었을 것이다
물의 복도를 따라

대교 위를 지나가는 차들이 내는 소리를
신의 음성으로 들으며
신전의 돌기둥과 함께
캄캄한 깊이 속으로 사라졌을 것이다
내 안에서 싸우라 싸우라 하는 소리가
끝도 없이 들리는 대교 밑을 바라보고 있으면,
잎사귀가 아니라 뿌리를 모두 치켜들고
하늘의 차디찬 샘물을 향해 있는 나목들이 비친다

밤의 선착장

오, 오리 두마리가
새벽에 강물을 바라보는 모습
왜 저리 편안하고 슬픈가
요트 선착장 배 내려가는 경사 끝에
호롱불 두개를 켜놓은 듯
밤새 깜빡거리고 있는가

발아래 찰랑거리는
강물에 발을 적시지도 않고
밀려오는 물결이 적실락 말락
찰랑이는 소리만
심지인 듯한 발로 빨아들이며
둘이 꼭 붙어서 무얼 그리 바라보는가

애타는 마음도
너무 오래되면 편안해지는지
슬픔도 편안해지는지
강물 저 어디에 두고 온 잃어버린 새끼들을 찾는지
나란히 눈빛만 켜고 균형을 취하고 있는가

어제도 오늘처럼
내일도 오늘처럼
그 자리 꼭 그렇게 있을 듯
요트가 강물로 미끄러져 내려갈 것 같은
경사진 맨 끝에 새벽에만 나타나는가

장마철은 끝나고
선착장은 진흙탕이 되고
오리 두마리도 사라지고 없을 때
새벽의 그 시간
나는 구두가 진흙 범벅이 된 채로
경사 맨 끝 오리들과 똑같은 자리에 서보았네
저 먼 데,
오리 두마리가 몸을 꼭 붙이고 바라보던 밤
강물의 페이지를 넘겨보았네

튤립밭

한밤중에 나무를 실은 트럭이 행렬을 이루며
지나간다 아파트 유휴지 튤립밭에 노파가
그네 의자에 앉아 어깨를 들썩이며 소리 죽여 운다

아파트 단지에서 흘러나오는
불빛은 흐릿하기만 한데
빨간색 노란색 흰색으로 무리 지어 핀
튤립의 색깔은 선명하다

노파의 눈물이 불빛을 대신했을까
노파는 작게 발을 굴러 그네 의자를 흔들며
발아래 놓인 소주병을 물끄러미,
그러다 트럭에 누운 채로 이동하는
나무들을 멍하니 본다 한밤중에
경적도 없이 지나가는 트럭 행렬

튤립밭에서 밤을 지새우는
고양이가 노파 쪽으로 걸어온다
튤립의 색깔이 니무 선명해

목을 뚝뚝 부러뜨리며
질 것 같은 한밤중에

말을 걸어줄 상대라도 되는 듯
노파를 향해 고양이는 자신만만하게 다가오고
방금 산에서 캐낸 것 같은 커다란 나무들이
뿌리를 다 드러낸 채로 트럭에 실려
빠른 속도로 사라져간다
잎들을 잃어버리며

노파는 그네 의자에서 벌떡 일어나
마침내 참았던 눈물을 쏟으며
고양이를 손짓 발짓으로 쫓아낸다
발아래 빈 소주병이
튤립의 색깔만큼이나 선명한 한밤중에
분노가 섞인
표현할 수 없는 슬픈 소리로

아침이 너무 좋아

내가 이 나무에서 저 나무로
눈빛을 건네면 나무 잎사귀가 피어난다
아이들과 노인들이 친구가 된다
그래서 햇살이라는 말에는
아침이라는 말을 꼭 앞에 붙여야 한다
산책로에 허물만 남겨놓고 빠져나간 뱀
밤늦게 연락도 없이 왔다가
스타킹을 둘둘 말아 벗어놓고 떠난 여자처럼
말린 허물만 남겨놓고 사라진 뱀의 감촉
물에 떠내려가지 않고
길가 숲속에 배를 뒤집고 죽은
물고기의 눈에 비친 초록
돌돌 말렸던 잎사귀들이 몸을 펴고
강물은 눈부시고 잔잔하기만 한데
봄의 아침 장례식엔 허물들이 많다

토끼의 서성거림에 대하여

토끼를 산책로의 아스팔트에서 보는 것은
좀체 일어나지 않는 일이다
더구나 뛰는 토끼가 아니라
걷는 토끼를 바라보는 것은 신기롭다
걷는 토끼를 보면 운동 나온 사람들도
뛰다가 멈춘다 토끼는 몇걸음 걷다가
고개를 제 발등을 향해 숙이고 한참을 멈추어 있다
저런 걸 생각이라고 하나
산책로에 나와서까지 뛰어야 하는
나 같은 사람도 그 순간 토끼처럼 생각이란 걸 하게 된다

토끼는 만지면, 눈사람처럼 금방 녹아버릴 것 같다
야생 토끼라고 하기엔
너무 하얗고 발걸음에 사람에 대한 공포가 없고
빨간 눈엔 천진함이 어려 있다

제 발등을 바라보는 토끼는
손을 입에 가져다가 오물거린다
아스팔트에 먹을 것도 없는데

토끼 특유의 오물거림을 보고 있자니
어린 시절 동네 형 집 마당
토끼장 앞에 서 있던 생각이 난다
빨간 눈으로 나를 쳐다보다가
손을 입에 가져다가 오물거리던 토끼,
그때 처음으로 눈처럼 흰 토끼를 안고
잠이 드는 상상을 했었지

걷는 토끼를 보고 따라 걷다보니
나도 모르게 서성거림에 대해 생각하게 된다
달리기를 멈추고 그 뒤를 걷다보니 문득 서러워진다
몇발자국 걷다가 또 멈추어 있다가
생각에 잠긴 듯 제 발등을 바라보는
토끼를 뒤에서 보니
언제부터인가 삶에서 서성거림이 사라졌다는 생각,
불현듯 사람의 등이 서러운 건 거기에 서성거림이
감추어져 있기 때문이 아닌가
하여, 누군가를 등 뒤에서 바라보며
울고 싶던 날들이 그리워진다

토끼가 아스팔트를 지나 잔디밭에 들어간다
제 발등 아래 잔디밭에서 먹이를 찾는 모습이 서럽다
누군가의 손길에 길들여진 손동작과 오물거림이
내게도 그립다 토끼를 따라 더 걸어갈까
토끼를 안고 집에 돌아갈까 망설이는 동안
강물이 넘실거리는 저무는 저녁이
내 발등에 서성거리는 그림자를 남긴다

발밑을 보며 걷기

봄날에는 발밑을 보며 걷습니다
발밑에는 상처들이 많습니다

발밑에
작은 등잔이 있습니다

풀꽃이 있습니다
천명의 아이들이
그을음을
닦고 있습니다

풀꽃은
수고를 모르고
수확을 모릅니다
그러나 모든 영광을 가진
왕들이 차려입은 옷도
이 작은 꽃만 못합니다*

풀빛 강에 미중 나온

천명의 어머니들도
풀빛 그을음을 닦고 있습니다
그래서 발밑에서만
싹이 나옵니다

봄날에는
천명의 하느님들이
반짝반짝 닦아놓은
등잔에 불을 붙이려고
발밑을 보며 걷습니다
꼭 나처럼 걷습니다

* 『누가복음』에서 따옴.

그의 창문을 창문으로 보면서

불을 켜지 않아도
가재도구와 식탁과 싱크대의 위치까지도
정확하게 알고 있는 사람은
서러움을 아는 사람이다
그런 사람과는 이야기하지 마라
날이 어두워져도 불을 켜지 않고
식탁을 차리고 정확하게 콩나물무침을 들어올리고
너무 맵지 않게 깍두기를 물에 헹구어 씹고 있는
사람의 턱은 뭉툭할 수도 있지만,
영화 속 미남 배우의 말발처럼 사물과 쉽게 친화할 수도
없지만
그런 사람이야말로 서러움을 아는 사람이다
그런 사람과는 상종도 하지 마라

나는 오랜 시간 그 사람을 관찰해왔다
밤마다 상념에 잠겨 있는 그를
나의 창은 그 열기로 늘 환하고
눈물겹게 그 풍경을 얼비춰주었다
그러나 꿈에 미친 사람은 결코 현실을 무시하지 않는다

나는 매일 그를 창문을 통해 본다

서러움 속에서 방에 갇혀 홀로 촉수를 키워가는 사람을 엿본다

그는 산책을 나왔다가 우중충한 하늘의 검은 구름이 걷히자

햇빛에 들키는 것이 싫었는지 도로 집으로 들어가 창문에 비친다

그러나 그의 창문을 창문으로 보면서

나는 내 방의 풍경도 동시에 보는 것을 잊지 않는다

강변의 오솔길

물속에 손거울이 있습니다
옛날 내 애인이 빠뜨린 것입니다
오수(午睡)에 빠진 날엔 머리맡에 앉아
내 귀를 만지면서 음을 만들고 있어요
당신이 깨어서도 잊지 못할 체온으로
언약을 빚고 있어요

그 옛날의 소리가 기포처럼 올라옵니다

한때는 모든 여자가 아가씨이던 시절
나는 더러운 손으로 빛이 힘겹게 싹트는,
애인의 쪽방 창 너머로 나뭇가지를 보며
백년이 가도 깨지지 않을 손거울을 만들었습니다

비 오는 날엔
천장에 튤립 같은 곰팡이가 슬었고
햇빛 맑은 날엔
행주로 닦아내었습니다
당신이 떠나간 뒤

나는 우리가 함께 있던 유일한 공간인
침대에 올라가 발끝을 들고
손거울에 뜨던 별들을 바라보았습니다

물속은 아직 어둡지만
오리 물갈퀴가 어떻게 생겼는지
나는 계절이 지나가기 전 상상합니다
손거울의 음이 듣고 싶은 날엔
강변의 오솔길을 걸어
물속의 무지개를 바라봅니다

아스팔트에서 강물 소리가 나는 새벽

도로에 넘친 물속을 손으로 더듬으며
나는 새벽에 아스팔트에서 붕어를 잡는다
붕어에게서는 이제 강물이 아니라
대지를 몰아가는 힘이 빛난다
두 손으로 움켜쥐면
손아귀를 벗어나는 비늘의 푸른 힘
폭풍우에 강물에서 한꺼번에
아스팔트로 뇌우처럼 내리꽂힌 붕어떼
비늘은 농부의 근육 같다
꿈틀거리는 종아리 같다
폭풍우 지나간 새벽 산책 길에서
내 손은 이제 아스팔트 밑에서 불어오는
젖은 피리 소리 찾아 어린 시절처럼 더듬어간다
아스팔트에 넘친 물속에서 나는
초록이 대지를 들어올리는 생땅 냄새를 맡으며
끝까지 고삐를 움켜쥐려다 놓치고 만
보리밭 속으로 사라진 옛날의 황소를 생각한다
이제 아스팔트에 넘친 강물 속에서
끝까지 버팅기는 붕어가 손아귀에서 반짝인다

보리밭 속으로 들어가던

황소의 부은 발목 같은 아침 해가 그렇게 뜬다

교각

교각은 나날이 튼튼해져간다
사내의 잠으로 떠받쳐진 교각 위 도로로
자동차들은 새벽이면 더 날쌔지고 미끈해진다
물고기들은 자신의 속력을 주체하지 못해
물 위로 힘껏 뛰어올랐다가 사라지기를 반복하고
강물에서는 정말로 용수철 튕기는 소리가 난다
팅팅, 교각 아래 사내의 잠은
불안하게 긴장되어 있다
처음엔 교각 아래에서 자는 사내의 잠이 평온해 보였다
강물이 사내의 잠에도 공평하게 흘러가는 듯 보였다

어느날부터 교각의 벽에 조금씩 변화가 생겨났다
처음엔 주위 온 듯한 낡은 자전거가 받쳐져 있었다
그리고 얼마 뒤부터 짐받이에 박스가 올려지기 시작했다
사내의 머리맡에도 변화가 생긴다
비닐봉지에 감자가 몇알 담겨 있었는데
며칠이 지나도 감자의 개수는 줄지 않았다
때때로 사내의 곁을 지나며 비닐봉지에서 감자 싹이 터서
사내의 잠을 감고 교각의 벽면을 타고 올라가는 생각에

빠지곤 했다

그러나 나는 사내가 한번도 잠에서 깨어난 것을 본 적이
없다

나는 산책을 나올 때마다 사내 곁을 스쳐간다
여전히 낡은 자전거는 교각의 벽에 기대어 있고
짐받이엔 박스가 점점 더 높게 쌓여간다
사내의 머리맡에도 점점 더 많은 물건이 쌓여간다
날이 무더워지기 시작하자
사내의 머리맡엔 수박이 반통 랩에 싸여 있다
랩에 덮여 더 붉게 보이는 쪼개진 수박의 붉은 속살이
사내의 잠을 더욱 동물적으로 느껴지게 한다

나는 사내를 스쳐서 강을 향해 걸어간다
점점 더 강이 넓어지고 풀밭이 나오고 저녁이 오기 시작
한다
그러다가 나는 홍금강앵무를 날리는 또다른 사내와 마주
쳤다
앵무새도 개처럼 산책을 시키고

가끔은 날려주어야 한다고 사내는 구경하는 사람들에게
말을 한다
홍금강앵무가 뛰듯이 강을 향해 나아갔다가 공중을 한바
퀴 돌고
사람들의 머리 위를 스치듯이 지나 사내의 손에 다시 내
려앉는다
헉헉 숨을 내쉬는 스프린터가 결승 테이프를 끊는 듯한
새의 비행(飛行)을 보며 구경꾼들은 탄성을 지른다

새에겐 공중을 나는 시간만 있을 뿐이지
땅에 내려앉는 공간 같은 건 없는 것 아닌가,
나는 그 순간 홍금강앵무의 화려한 비행을
비상이 아닌 거꾸러짐으로 받아들이려 한다
그러나 그것은 홍금강앵무의 색깔보다 더한 내 정신의 채
색과 허영일 뿐
내 몸은 벌써 저 건너 강변에 켜지는 마천루의 불빛에 별
빛보다 빠르게 반응한다

밀리 나갔던 강변에서 돌아오는 길에

교각 밑에서 잠을 자는 사내의 곁을 다시 지나간다

교각의 벽면이 노을을 받아 번지고 있다

곤충채집판처럼 교각의 벽면에 노을이

사내의 기억을 압핀으로 꽂아서 물들일 것 같다

염천에 더 질긴 그리움으로 생생해지는 능소화의 그림자 같은

노을이 교각의 벽면에 잠시 머물러 있다

혼인비행

연습 비행도 없이
떠다니는 풀씨처럼 날아다니다가
내려앉아 죽음을 맞는다
안개 깔린 강에
하루살이떼가 반짝거린다
혼인비행을 끝내고
저녁 햇살에 날개를 뒤집으며
강 아래로 흘러간다
도깨비방망이를 거꾸로 세워놓은 듯한
선인장이 서울살이다
선인장은 철침 같은 가시를 빛내며
신기루를 보게 했다
욕망이 얼마나 강했으면 선인장은
철침처럼 뿌리가 외부로 나왔을까
그 도깨비방망이의 위력을 꿈꾸며
서울 하늘을 떠다녔다
무슨 일이 있어도
서울에서는 오직 서울로만 이사를 다녀야
세내로 사는 법을 찾을 거라 생각했다

당산동

남가좌동 북가좌동

여기 옥수동까지

선인장처럼 가시를 키우며

허공 저 너머 빛나는 강물에

반드시 제대로 된 내 집 한채가 있을 거라 생각했다

내 이름으로 된 집을 가지려고

나는 용케도 삶의 물굽이를 헤쳐나올 수 있었다

산책을 나와 다리를 건너다가

허옇게 뒤집힌 하루살이의 날개에

저녁 햇살이 내려앉는 모습을 보며 현기증을 느낀다

하루살이에게 일생이

날 수 있을 만큼의 의지를 축약한 것이라면

사는 것도 제대로 죽는 것도 연습 따위는 필요 없을 것
이다

산책로 벤치에 앉아 있는 노인들

강물을 바라보며
벤치에 앉아서 시간을 짰다 풀었다 하는 노인들
바다만 파도가 있는 게 아니어서
강물도 밀려왔다 밀려가며
강변에 수심 많은 모래톱을 만들고
거기 새들이 발자국을 찍으며 꼼짝 않고
물살을 쳐다본다
햇빛이 물살마다 어른거려
강물에도 주름살이 생기고
거기 비쳐나는 물빛이
노인들의 주름 팬 이마에 스민다
그래, 그들의 이마에는
주름살마다 빛이 배어 있고
아침부터 저녁까지 새들은 꼼짝 않고
물살 속 빛을 응시하다가 일순간 부리로 쪼아 먹는다
산책로에 드문드문 놓인 벤치마다 앉아 있는
노인들은 서로에게 무관심하다
강변의 모래톱이나 물속 삐죽 솟은 돌 위에
우아하게 한 발로 서 있는

물새들이 서로를 바라보지 않듯,
자신만의 세계에 속한다는 표시로
이마에 섬을 만드는 노인들의 조용한 노동
산책로의 벤치에 앉아 그들은
물레로 강물 소리를 감아올리며
생각의 실을 잣는다
강변에 쌓인 모래톱이 밀려온 물살에 쓸리며
새들의 발자국을 지우는 황혼 무렵
막 고치 속에서 기어나온 듯
환한 주름 하나 그림자 하나

죽은 매미의 날개

새벽에 강변을 걷다가
익사한 사람을 본 적이 있다
그때 새벽부터 햇볕에 타지 않으려고
챙모자를 쓴 중년 여인이
내 뒤에서 다가와 물었다
사람들이 왜 모여 있나요 무슨 일 있나요
자살한 것 같아요 사람이 물에 빠져 죽었어요
나는 그렇게 얘기하고 바로 후회했다
물에 빠져 돌아가신 것 같아요
라고 본 것만 사실대로 말해야 옳았을 것이다
익사한 사람을 자살자로 내몬
내 말에 대해 스스로 골똘히 생각하는 사이
중년 여인은 내 말을 떨쳐내기라도 하듯
두 팔을 공중에 휘휘 저으며 씩씩하게 나를 앞질러 갔다
그러던 중년 여인이 갑자기 허리를 숙이고 바닥에서
뭔가를 집어 올렸다
바닥에 붙어 있던 죽은 매미였다
중년 여인은 그것을 힘차게 길가 풀밭으로 내던졌다
그 순간 죽은 매미가 날개를 펴더니

공중에서 두어바퀴 선회하다가
멀리 강 너머로 사라졌다

거센 비가 지나가고 강가에 늘어선 줄버들이
가지를 타고 말려 올라간 풀들로 시체를 엮어놓았다
사내는 쉬고 있는 것처럼 반쯤은 물 밖에
몸을 내밀고 장난치듯 흔들리고 있었다
내게는 가지를 붙잡고 있는 손이 아니라
흰 팔뚝만이 눈에 들어왔다
유난히 불어터진 팔뚝이 새벽빛에 물든 구름과 어울렸다

바닥 예찬*

바닥에는 시계와 제국이 있다
바닥에는 이동하는 사막이 있다
바닥에는 은하수나 성운이 있다

바닥에는 아이들 그림이 있다
바닥에는 벌레들이 기어가다가
남겨놓은 흔적이 있다
땅바닥에 반쯤 처박힌 채
녹슬어가는 부푼 못대가리 곁에서
죽은 잠자리의 날개를 파먹는
개미들의 행렬이 있다

소년 때는 십오도 각도로 하늘을 보며 걷거나
반대로 십오도 각도로 땅을 보며 걷는다
흠씬 누군가를 두들겨 패거나
흠씬 누군가에게 두들겨 맞거나
둘 중 하나뿐
소년 때는 사람들이 만든 세상은 없는 거나 마찬가지
소년 때는 하늘도 바닥

땅도 바닥
손도 바닥
하늘바닥 땅바닥 손바닥에
세상에 없는 것들만 올려놓거나 내려놓거나
때로는 움켜쥔다

성년이 되면 하늘은 사라지고
땅바닥 같은
손바닥만 남는다
그리고 바닥은 더이상 내려갈 바닥이 없다고
절망한 사람에겐 더 큰 바닥으로 나타난다

바닥은 바다
수천 미터 심연이 있다

* 장 뒤뷔페의 말.

아기 고양이의 마음

밤중에 보는 동물들의 눈은 슬퍼 보인다
산책로에 다리를 깔고 앉아 있는 아기 고양이
실뭉치를 뭉쳐놓은 듯
벌써부터 살아간다는 것은 한뭉치의
실뭉치를 풀어가는 일임을 안다는 듯
가등 아래 산책로 복판에 앉아 나를 빤히 쳐다본다
낚시 도구를 실은 오토바이가 나를 앞질러
실뭉치 같기도 하고 흰 비닐봉지 같기도 한
아기 고양이가 일어나기를 기다렸다가 지나간다
밤에 낚시를 다니는 사람들은 물고기의 마음을 아는 걸까,
오토바이의 뒷모습을 바라보며 나는 생각한다
그래서 아기 고양이의 마음도 아는 걸까,
오토바이는 아기 고양이가 산책로 나무 울타리로 몸을 숨
기자
그 모습을 예상하기라도 한 듯 여유 있게 멈췄다가 사라
지고
누군가 매일 놓아주고 가는 먹이에 입을 대고 있다가
아기 고양이는 나무 울타리 밑에서
눈을 빼꼼히 내밀고 지나가는 나를 쳐다본다

밤중에 울지도 않으며 살아본 적도 없을 듯한 눈망울을
한 아기 고양이의
　내게로 올 듯한 슬픔이
　부는 바람처럼 몸에 어려온다

빈터

산동네가 재개발지역이 되면서

빈터가 생겼다

계단만 남은 무너진 집

산비탈에 올라가

허공에 덩그러니 놓여 있는 계단 앞에 서 있곤 하였다

산동네의 집들이 무너져가는 동안

빈터는 하루하루 넓어지고

허공을 향해 뻗어 있는 계단에서

산동네가 점점 평지로 바뀌는 모습을 바라보았다

몇백년 된 나무가 베어지고 남은 그루터기처럼

집들이 부서진 자리

웅덩이가 생기고 빛이 수면 위에 반짝일 때

물 위를 떠다니는 소금쟁이의 발을 상상해보았다

계단만 남은 산비탈 집에서

눈을 감고 한걸음 한걸음 가벼운 소금쟁이의 발로

아래를 향해 허공을 밟아 내려가고 싶었다

빈터에

빛이 풀잎 사이로 모여들어

그 아래 웅성내는

사람들이 남긴 발자취를 떠올리는 저녁
끝내 내려가지 못하는 계단에 내려앉는 먼지가
부옇게 날리는 허공을 바라보며
지나간 추억과 풍경은 바람이 만드나 생각하곤 하였다

겨울 호수를 걷는다

눈 내린 호수에
발자국이 찍혀 있다
거룻배까지 이어져 있다

먼동이 보고 싶다는 당신과 아침에
희미한 발자국을 따라
겨울 호수를 걷는다

당신은 호수 한가운데에 이르자
우리 지금 그냥 걷다가 서로 모르게 다리가 굳어버렸으면
좋겠어,
하고 말한다
이런 아침엔 밤새 얼지 않으려고
발을 젓다가 자신도 모르는 사이 지쳐버린
오리도 있지 않을까,
강물에 발목이 얼어붙은 줄도 모르고
날개를 퍼덕이다 졸음에 빠져
끊임없이 꿈만 꾸는 오리
그런 오리가 나였으면 좋겠어,

하고 말한다

호수 건너편 쪽엔
거룻배가 빛에 휩싸여 있다
발자국이 이어진
그 길에
점점 사라지는 먼동을 간직한 채

느리게 걷는 밤산보 길

나는 천변에서 밤산보를 하고 있었다
낮에는 흩어졌던 오리들이
물가에 서로 모여 깃털을 붙이고 잠을 자고 있었다

앞에서 전동휠체어를 타고 가는 중년 사내가
손으로 바퀴를 움직이며 지나가고 있었다
사내는 잠깐잠깐 휠체어를 멈추고선
천변의 꽃 쪽으로 허리를 숙이곤 하였다

코가 닿을 정도로 가까이
꽃들에게 얼굴을 내밀고선
꽃들이 잘 자는지 숨 냄새를 살피고 있었다
사내는 자전거도로가 끝날 때까지 그렇게 나아갈 것 같았다

나도 옆을 바라보며 느리게 걷는
밤산보 길이었다
사내의 뒤에 한걸음 떨어져서
밤오리처럼 가까워져서 옆에서 나는 밤길 냄새를 맡고 있
었다

제 3 부

은하수

우리가 아직 물방울 속에서 살던 때

이슬방울 속에
집 짓는 달

당신이 불며
웃는 모습 좋았죠

먼발치에서
꽃 피는 날 오거든

이슬방울 집
작은 방 불빛

당신의 입김에
흔들리며

아직
켜 있는 줄 아세요

귀향일기

오래된 벌판의 한 끝을 보다가
목감기를 앓는 하루가
내내 허수아비로 선
여름 오후
낡은 선풍기가
목 비틀린 풍뎅이처럼 돌아가고
차단기 앞에 선 사람들이
건널목 저편을 생각하듯
덜컹거리며 흔들리는 귀향은
무슨 추억으로 서 있을까
선선한 바람이 흔드는
여름의 저문 그늘에 어둠은
황혼의 목에 가래 괸 시(詩)가 되어
집으로 가는 벌판
손금을 만들어 내려앉는다

백년 도마

도마가 그립다
이제 아무도 살지 않는
고향 집 부엌에
도마는 여전히 거기 있을까

감나무로 만든 도마
우리 집 여자라면
한번쯤 단단히 스쳐갔을
칼집 난 자리가
집안의 손금이 되어버린
백년 도마

다른 건 몰라도
생명선은 길어서
그대로 있을지 몰라

가마솥에 밥물이 끓어 넘치면
솥뚜껑을 열어젖히고
뭉텅뭉텅 김지를 썰어

척척 밥에 감아 먹던
치매 할머니와

얼굴 한번 못 보고
시집와선
눈썹과 눈썹이 달라붙은
신랑이 미워 첫날밤에
양미간의 눈썹을 뜯어 넓혔다는
어머니의 매운 손매와

김칫독에서 막 꺼낸
살얼음 낀 김치를 썰 때
도마에서 나던
초겨울의 소리
그립다

아기 별자리

벼에 뜨물이 드는 계절이 오면
코부랭이 아저씨는 마을 앞 논가를 지나다가
코를 한번 풀고 나서 나락을 훑어 입에 넣고
기막히게 껍질만 툭 허공에 뱉어내곤 했지
코를 팽팽 풀며 논가를 지나가는 아저씨의 발걸음을 따라
벼가 익어가는 계절이 온 거지
찰랑대는 논물이 땅에서 굳고
벼에도 힘이 맺혀 달게 새벽이슬이 구르던 날
나는 지난밤부터 결심해두었던
형의 반바지에 숨겨진 동전을 훔쳐다
논바닥에 던져놓았지
형은 꿈에도 내가 돈을 훔쳐냈는지 알지 못할 거야
집으로 돌아오는 내내 새벽하늘에
반짝반짝 빛나는 별세계가
내가 논바닥에 던져놓은 동전 같았지
하지만 장남인 형은 나보다 머리가 좋았어
아침부터 어린 누이는 물론이고
자기보다 나이가 많은 누이들까지
노둑 취급을 하며 회초리를 들 태세였어

하, 그 모습을 끝까지 지켜볼 재간이 없었어

물 한잔 떠먹는 것도 손가락을 까닥까닥하며

누이들을 부리는 형을

막내인 내가 이겨낼 수 있는 방법은

굳세디굳센 우리 가족에겐 도저히 없었던 거야

아침밥을 먹는 둥 마는 둥 막내 도둑은 본체만체하고

형은 누이들을 앞세우고 마을 앞 논바닥을 향해 달려갔지

뒤에서 형의 모습을 보니 여유마저 느껴졌어

코부랭이 아저씨가 코를 팽 풀며

동구를 향해 걸어오는 여름을 코앞에 둔 아침

아저씨가 나락을 훑어

입에 넣을 때마다 뜨물 맛이 공기에 배어나고

논바닥에서 빛나는 동전을 찾는

나락 껍질 같은 누이들의 눈망울,

여름이 오는 계절이면

새벽하늘에 올려다보는 아기 별자리로 반짝반짝 맺혀 있지

나는 달을 믿는다

달에 골목을 낼 수 있다면 이렇게 하리,
서로 어깨를 비벼야만 통과할 수 있는 골목
그런 골목이 산동네를 이루고
높지만 낮은 집들이 흐린 삼십촉 백열등이 켜진
창을 가진 달
나는 골목의 계단을 올라가며
집집마다 흘러나오는 불빛을 보며 울리라,
판잣집을 시루떡처럼 쌓아올린 골목의 이 집 저 집마다
그렇게 흘러나오는 불빛 모아
주머니에 추억 같은 시를 넣고 다니리라,
저녁이 이슥해지면 달의 골목 어느 집으로 들어가
창턱에 떠오르는 지구를 내려다보며
한 권의 시집을 지구에 떨어뜨리리라,
달에는 아직 살 만한 사람들이 산다고
나를 냉대했던 지구에
또다시 밝아오는 아침을 바라보며 오늘도 안녕
그렇게 안부 인사를 하리라,
당신이 달을 올려다보며 눈물지을 때
혹은 꿈꾸거나 기쁠 때

달에는 영원히 변하지 않는 분화구들이 생겨나지,
우리가 올려다본 달 속에 얼마나 많은 거짓이 있는지
얼마나 많은 슬픔이 있는지
그 거짓과 슬픔 속에서 속고 속이는 것이
얼마나 즐거웠던 것인지
나는 달의 분화구마다 골목을 내고 허름한 곳에서 가장 높은
판잣집의 저녁 창마다 떠오르는 삼십촉 흐린 불빛으로
지구를 내려다보며 울리라,
명절날, 이제는 아무도 살지 않는
고향 집 툇마루에서
저 식지 않을 투명한 불꽃을 머금고
하늘 기슭에 떠오른 창문을 바라본다
그렇게 달의 먼지 낀 창문을 열면
환한 호숫가에 모여 있는 시루떡 같은 웃음소리가 들려오리

칠백만원

어머니는 입버릇처럼 식구들 몰래 내게만
이불 속에 칠백만원을 넣어두었다 하셨지
어머니 돌아가시고 난 뒤
이불 속에 꿰매두었다는 칠백만원이 생각났지
어머니는 돈을 늘 어딘가에 꿰매놓았지
대학 등록금도 속곳에 꿰매고
시골에서 올라오셨지
수명이 다한 형광등 불빛이 깜빡거리는 자취방에서
어머니는 꿰맨 속곳의 실을 풀면서
제대로 된 자식이 없다고 우셨지
어머니 기일에
이젠 내가 이불에 꿰매놓은 칠백만원 얘기를
식구들에게 하며 운다네
어디로 갔을까 어머니가 이불 속에 꿰매놓은 칠백만원
내 사십 줄의 마지막에
장가 밑천으로 어머니가 숨겨놓은 내 칠백만원
시골집 장롱을 다 뒤져도 나오지 않는
이불 속에서 슬프게 칙칙해져갈 만원짜리 칠백장

들녘에서

아무도 밟은 적 없는 겨울 들판의
눈밭을 보아라

씌어지지 않은 페이지에
펜의 고독이 살아 있다
아무도 밟지 않은 겨울 들판의
눈밭에
첫새벽의 새들이
아직 발자국을 찍지 않은
겨울밤의 반짝임이 남은
씌어지지 않은 페이지에

홀로 지평선을 향해
날아갔다 돌아온
겨울 나비의 날개가 꽂혀 있다
영원히 봄을 모르는
얼음 나비의 순간이
황금핀으로

겨울 서리

겨울 아침 들판에 서서
서리 꺼지는 소리 듣는다

기다림만 한 거름이 어디 있을까

겨울밤 기나긴 어둠 속에서
서리는 들판에 뿌리처럼 엉겨붙어
생땅을 부풀리고 있다

겨울 아침 들판에서
왜 아직 아니 오나
훈김으로 피어오르는
목소리를 듣는다

겨울 귀향

기차 차창으로 스쳐 지나가는 나무들
몸 벗은 나무들 사이로 떠오르는 달
밥그릇처럼 달그락거리는 저 달에
한그릇 밥 청한다
밥알이 하늘의 얼음장에 말라붙어 있다

가을걷이가 끝난 논을 걷다보면
짚단들이 사람처럼 서성였지
어린 시절엔 논에서 술래잡기를 했지
짚단을 빼낸 다음 그 속에 숨었다가 까무룩 잠이 들곤 했지
아이들이 집에 다 돌아가고 시장기에 깨어나
밥 짓는 마을의 굴뚝 연기를 바라보곤 했지
짚단 속은 왜 그리 따뜻했는지
서러우면서도 따뜻했는지
연기를 따라가다보면
불 때는 아궁이 속 불티들이
하늘로 타닥타닥 튀어올라 별이 된 것 같았지
이젠 술래잡기를 할 아이들도
볏짚을 쌓아올릴 사람들도 떠나고 없구나

흰 테이프로 둘둘 말린 채
알처럼 싸매진 화물들,
철새들이 주워 먹을 나락 한알마저 사라진
논은 흰 붕대에 감긴 크레졸 냄새 나는
야전병원 같다
어쩔 수 없지, 사람들이 떠났으니
논도 소독하고 청소해놓아야지

겨울에 귀향하려면
논바닥을 걸어 집으로 돌아가야지
서리로 부푼 논바닥을 밟으면 들려 나오는
떠난 사람들의 낮은 음성,
발밑에서 들으며 돌아가야지
논에 기다리는 사람처럼 서성거리는 짚단들
밤 서리를 잔뜩 매단 짚단들
창공에 꺼지지 않은 별을
알알이 박아놓은 그 눈들
스며 나오는 투명한 시간들,
서리 꺼지는 소리 가득한

겨울 아침 논을 보러 첫 기차표를 끊는다

세숫대야

빈집에 세숫대야
비와 이슬이 찰랑이는 세숫대야
밤들이 투명하게 얼굴을 비추고 다녀가고
한낮엔 마당 가 감나무에 앉았던 새들이 심심해서
수면의 물을 흐리며 콕콕 찍어본 세숫대야

사람들은 아무도 살지 않지만
얼굴의 피부처럼 예민하게
사람들을 기억하는 세숫대야
저녁이면 지붕의 그늘을 담고
그늘에 어린 별들의 촉감을 기억하는 세숫대야

세수는 사람들만 하는 것이 아니라고
눈발을 담았다가 비를 담았다가
이슬의 투명함에 다다른 밤의 얇은 날개로
때 이르게 떨어진 꽃잎을 적셔주는 세숫대야
무너지는 지붕과 담벼락이 떠 있는 세숫대야

마당 한구석에 처박힌 놋단배는

언제 돛을 올리나
세숫대야
희미한 메아리가 살고 있는 양은 세숫대야
거기에선 어둠도 빛도 한결같은 리듬으로 꿈꾼다

백일홍에 대해 이야기를 하고 싶다

눈 오는 어떤 날

눈발이 너무나 까맣게 까맣게 떨어져서
나도 모르는 사이
발밑으로 빠르게 쥐가
사라져가는 것 같던 날

어떤 추억 속에서만 사는 하늘의 쥐를
만나는 것 같던 그런 날

미묘한 감정으로 남아 있는
말할 수 없던
그런 날

손톱 속 꽃물은 남아 있다고
그 사람에게서
우편엽서가 올 것 같은 날

거리의 한편에서

끝내 떨어지지 않을 듯
허공에서 바래어가는 백일홍

그 바스러질 것 같은 작은 허공에
손을 대보며
내 손톱 속 첫눈을 들여다보는
그런 날

은빛 창문

도끼가 들어오지 않은 숲속에
진액을 흘리며
하늘을 향해 뻗어나가는 나무가 있었다
새들이 내려앉기만 해도
울음이 찌릿해지는 나무

비 그친 아침
들녘 한가운데
잎사귀마다 가득 물방울을 매단 나무가 있었다
물방울이 아니라
공기에 얼굴이 비치는 것 같은 나무

달이 굴뚝이 되어
불티를 내뿜는 밤이면
하늘엔
연기가 퍼져 은하수가 생기고
불티가 별이 되어 날리고

어떤 저녁엔

숲에서
어떤 새벽엔
들녘에서
식은
은빛 못을 주워 모아다
집에 창문을 하나 새로 내었다

은하수

저녁밥 먹고
누나들과 부지깽이로 아궁이를 뒤적이며
불빛이 사그라들기를 기다린다
불씨들이
잔잔하게 숨어 있던 아궁이 재 속에서
고구마가 익어가는 겨울밤

아버지는 부엌 토방에 나뭇단을 쌓아두는 걸 좋아하셨지
적막한 겨울 숲속에서 나무를 베고 장작을 쪼개
부엌 한쪽 토방에 쌓아둔 나뭇단
나뭇단이 높이 쌓일수록 그것을 바라보는
키 작은 아버지의 애정도 한뼘씩 자라 있었지

겨울이 오면
쌀은 없어도 나뭇단은 많아서
나무 부자라고 불리던 집

아궁이에 나무를 태울 때 맡게 되는
연기와 냄새와 소리와 불꽃까지

말 없는 아버지의 눈빛이
잔잔하게 일렁였지

밤하늘에 떠 있는 은하수를
우리는 부지깽이로 뒤적이며
캄캄한 부엌에 앉아 고구마가 익기를 기다린다

달콤한 눈

아직도 마음 깊은 곳에는
손이 닿지 않는 먼 데
찬장 위에 올려져 있던 설탕 종지들이 있다
그을은 부엌 벽을 기어오르는 개미들만 맛을 본

시골집 마당에서 올려다본 하늘에서
사라져버린 개미들이
등에 눈을 한점씩 업고
줄을 타고 내려온다

찬장 위의 종지에서
반짝이는 설탕을 등에 지고 내려오는
눈의 푸근한 줄

오늘은
저 줄을 잡고
가시는 이도
눈발의 달콤함에
천천히 올라가시길

가을이 올 때

뜰에 첫서리가 내려 국화가 지기 전에
아버지는 문에 창호지를 새로 바르셨다
그런 날, 뜰 앞에 서서 꽃을 바라보는 아버지는
일년 중 가장 흐뭇한 표정을 하고 계셨다
아버지는 그해의 가장 좋은 국화꽃을 따서
창호지와 함께 바르시곤 문을
양지바른 담벼락에 기대어놓으셨다
바람과 그늘이 잘 드나들어야 혀
잘 마른 창호지 바른 문을 새로 단
방에서 잠을 자는 첫 밤에는
달그림자가 길어져서
대처에서 일하는 누이와 형이 못 견디게 그리웠다
바람이 찾아와서
문풍지를 살랑살랑 흔드는 밤이면
국화꽃이 창호지 안에서 그늘째 피어나는 듯했다
꽃과 그늘과 바람이 숨을 쉬는
우리 집 방문에서,
가을이 깊어갔다

나무 속 유리창

나는 나무를 유리창처럼 바라본다
나무 속에서 동고비 어미 새가 고개를 좌우로 돌리다가
나를 뚫어져라 바라본다
손바닥보다 작은 새가
나무 구멍에 갓 낳은 새끼 입 속에
눈(雪)에 부리를 집어넣는 것처럼 먹이를 들이민다
동고비 어미 새가 아파트 사이
정오의 햇빛을 물어다 나무 속 유리창을 들락거린다
어미가 날아간 허공을 동고비 새끼는
나무 구멍 둥지 밖으로 얼굴을 쏙 내밀고 그만큼만 바라
본다
나무는 미끄럽고
나무에 흘러내리는 햇빛들은
잎사귀에 고이지 못하고 유리창에 흘러내린다
고요하기만 한 휴일
창 너머로 반짝이는 나무 한그루
나는 이번엔 어미가 떠난 둥지 속 동고비 새끼와 눈이 마
주친다
집에는 아무도 없고

나는 정오에 일어나

나무를 유리창처럼 바라본다

손바닥에 부리의 감각이 되살아날 것만 같다

서로의 입 속을 들락거리는

어미와 새끼의 부리에 깔려 있는 신경에 대해

금방 사라지고 말 것 같은 그 여린 풍경의 촉각에 대해,

그러다가 새들은 부리에 슬픔이 있는 건 아닐까 골똘히
생각한다

휴일의 정오

유리창은 과거 속에서만 빛난다

제 4 부

테두리

외성(外城)

　나는 닻에 묶여 있는 배를 바라본다. 폭풍이 지나간 하늘에도 구름이 닻처럼 떠 있다. 먼바다로 나아가 밤의 가장 깊은 곳에 그물을 내린다는 것. 배도 하늘도 하루쯤은 고요하게 쉬어야 한다. 벌써 저녁이 온다. 빛이 어둠 속에서 태어나고 있다. 저녁 바다에 떠 있는 빛들, 바다 위를 날아가는 나비떼 같다. 어서 오라고, 어서 전구마다 불을 가득 켜고 먼바다로 나오라고 손짓하는 것 같다. 어부들의 지친 삶 속에서도 벌써 힘줄이 나비떼처럼 불끈불끈 일어선다. 어두운 바다 위를 미끄러지는 빛들. 저녁이 오면 하늘의 닻인 구름도 사라지고 그 자리에 가장 맑은 별들이 떠오른다. 나는 캄캄한 어둠 속에서 별들을 지도 삼아 나비보다 영롱한 빛들을 낚는다.

　밤에 홀로 눈 뜨는 것은 무서운 일이다,라고 어느 시인은 말했다. 모두들 침묵하는데, 그 침묵을 혼자서 응시한다는 것은 무섭다는 뜻. 모두들 진실 앞에서는 떳떳할 것 같지만, 사실 어떤 진실 앞에 서 있게 되는 것은 눈을 감고 싶은 충동.

　텅 빈 교각 위에 우뚝 선 성채 같은 저 불빛을 보라. 어둠 속에서 흐릿하게 빛나는 도시의 외성은 완강한 침묵으로 버

티고 선 채 흰 빛으로 부서지고 있다. 그 안으로 걸어들어가
면 익명의 영혼들이 무슨 진실로 이 밤을 떠돌 것인가.

반사광

자정의 버스 정류장은 어둡다
막차가 끊긴 정류장
어디로 가야 할지 잠시 막막하지만
내 삶이라는 것도 별수 없을 것이다
다른 사람들과 다를 바 없이
빌딩의 경계처럼 비슷비슷할 것이고 그리하여
오지 않는 버스보다 별다를 게 없는 삶이 더 절망적이다
버스 정류장에 서성거리는 사람들도 사라지고
나도 이제 사라질 터인데
버스 정류장의 어둠 때문에 더 환해 보이는
차도 건너편 골목의 불빛이 눈길을 잡아끈다
거기, 환한 골목에서
두 여자가 사인을 주고받는다
골목 양쪽에는 유리집이 나란히 펼쳐져 있는데
두 여자는 골목 양쪽의 유리집 문틀에 앉아
서로의 건너편을 향해 손가락을 폈다 오므렸다 하며
말이 필요 없는 대화를 나눈다
홍등(紅燈)에 젖은 두 여자의 얼굴에
두 여자만의 유대가 소리 없는 웃음으로 번진다

나는 두 여자의 얼굴에 묻은 서로의 반사광을 본다
서로의 빛에 의지해 빛나는
두개의 별에 기쁨이 번진다
버스 정류장 건너 두 여자가 건네는 빛,
그녀들은 다만 불빛 속의 움직이는 정물,
지나가는 사람은 없어도 밝기만 한 밤거리,
정적도 그런 정적이 없는 것처럼
나는 자정의 버스 정류장에서 떠나지 못하고 바라보는 것
이다

여행의 꿈

수초에 걸려 흔들리면서
강물에 떠내려가는 익사체
그 위에 물새가 앉아 있다
썩어가는 뗏목을 타고 물새는 먼바다로 나갈 작정이다
구더기가 태어나면 구더기를 먹으며
태양이 뜨는 쪽으로
새는 고개를 들고 아침을 맞으리라,
흔들리며 떠가는 익사체 위에서
미동도 없는 자세가
슬픔조차 없는 태곳적 기억 같다
강물에 꽃을 던지며,
사람들이 다리를 건너
축제가 열리는 꽃 시장으로 몰려가고
강물에 밀려온 익사체의 입에서
꽃 더미가 한움큼 쏟아진다
진창 속에서 형형색색으로 피어나는 꽃들,
살 타는 냄새,
물새 우는 소리,
강물에 막대기 같은 똥을 누는 사람 곁에서

강물로 천연덕스럽게 이를 닦는 사람,
삶이 꿈이라면
여기는 꿈이 삶인 곳

인도 기차 여행

차창 밖으로 사람들이 식판을 던졌다
나도 새벽부터 저녁까지 매 끼니를
던지고, 던졌다 퍽퍽 깨지는 식판의 음식들이
철둑의 나뭇가지에 걸린 모습, 가끔씩
입에 넣으면 금세 흩어져버리는 밥알들이 꽃들이
기차가 일으킨 바람결에 나뭇가지에서 멀리 날아갔다
밥을 먹지 않는 시간엔 잠을 잤다
잠 속에 철조망을 쳐놓고
새들이 날아가는 모습을 바라보았다
기차는 달리다가 멈춰 서기를 반복하고
눈을 떠보니 지평선이 보이는 마을 앞이었다
들판 한가운데 멈춰 선
기차, 나는 차창으로 마을로 돌아가는
아버지를 바라보았다 발을 잃은 소년이 앞에서
외발로 아버지를 인도하며
마을로 돌아가는 모습을 바라보았다
잠 속에서 바라본 어린 새가
이제 날기를 막 배운 동작으로 한 발로 껑충껑충 뛰며
일을 마친 아버지와 기쁘게 서로의 깃에 목을 비비며

앞서거니 뒤서거니 집으로 돌아가고 있었다
기차에서 사람들이 차창 밖으로 던진 식판들이
철둑길에 열을 지어 떨어져 있고,
저기 저쪽 저녁의 부연 햇빛 속에서
실루엣으로 떠오르는 동화(童話) 하나가 그렇게
다시 천천히 움직이는 기차 소리에 사라져갔다

태양 속으로 떠나간 낙엽

바람에 회오리 이는 낙엽을 쓸겠다고
저녁의 나무 밑에서 빗자루를 들고 쫓아가느라
얼굴이 다 터서 빨개진 아파트 경비원
이제는 집으로 돌아가려
대지의 문에 열쇠 꾸러미를
하나하나 집어넣지만
어떻게 해도 맞지 않는다는 듯,
공중으로 다시 솟구치는 낙엽들
주름 속에 노을이 반짝거리는 노년의 경비원이
한 해의 끝자락에서, 그래도
여전히 무언가가 남아 있다는 얼굴로
낙엽을 붙잡으려 방향을 바꾸고 있다
겨울 해 질 녘, 아무리 해도 닿지 않는
나무에 걸린 입김을 향해 빗자루를 들고
새들을 쫓아 사방으로 뛰어오른다
한때는 잡을 수 있다고 믿었던
손바닥에 온기를 남긴
땅바닥에 빗자루로 눌러놓은 회오리,
그러나 금세 쓸어놓은 한쪽에선

벌써 젖은 태양을 향해
낙엽들은 날아가고 있다

발리슛

가난한 동네의 축대는 높다
그 축대에 줄지어 피어 있는 개나리는
위로 피지 않고 자꾸 아래로 줄기를 내린다
그렇게 축대 아래엔
개나리꽃 터널이 생기고
아이들이 그 속을 들락거린다

술래잡기를 하듯이
축대 밑에서 쥐들이 기어나오고
아이들은 코너에서 낮게 깔려 오는 땅볼을
발리슛 하듯이 걷어차지만
쥐들은 언제나 축대라는 골키퍼의 손에 얌전히 들어간다

순간적으로 내 눈과 마주친
쥐의 까만 눈동자가
노오란 꽃잎에 스며 날아간다
축대 저쪽 어딘가에서
씨앗이 되어 심겼을,
그 쥐의 동공이 핀다

축대에서 내려온 개나리가 땅을 쓸듯이 핀다

돛이 어디로 떠나갈지 상상하던 날들

마을 아낙들과 함께 저 먼 전라도 작은 섬으로 통통배를 타고 고춧가루 장사 나가셔서 미제 라디오도 한대 갖고 오셨던, 그래서 군산상고 야구 경기는 재래식 변소에서도 들을 수 있도록 볼륨을 다 올려도 웃고만 계시던 어머니 품속의 날들.

대통령배 고교 야구 중계방송이 미치도록 고운 봄바람을 타고 군산상고가 부산고를 역전하는 9회 말이 변소를 넘어 너울너울 집 담장을 넘어가는, 이담에는 나도 그렇게 꼭 역전을 해내리라 다짐했던 비장한 결심의 날들.

늦게 철이 들어 학원에 다니며 중학교 3학년생들과 고입 영어 단어를 외우고 공무원이 되기 위해서 예상문제집에 밑줄을 치고 빨간색 펜으로 동그라미를 그려넣어야만 안심되던 날들.

공무원 시험 교재를 옆구리에 끼고 혀가 짧은 영어로 자유공원에 오르면, 망원경을 손에 든 맥아더가 바라보는 봄눈 사이로 인천 바다가 막막하던 날들.

점심 먹을 돈으로 모이를 사 비둘기에게 던지면 인천 바다 앞에 수많은 돛이 떠오르고 그중 하나에 쪽지를 달아 바다를 향해 띄워 보내고 싶던 그리고 그 돛이 어디로 떠나갈지 상상하던 날들.

봄눈 내릴 때가 되면 그 시절의 돛들은 다시 바다에 떠오를까?

눈빛

나무도 오래되면
의자가 된다
재개발지역 공터
나무 한그루,
아직 남아 있는 사람들이
평상에 앉아 있다
나뭇가지 사이로 떨어지는 햇살을 바라보다가
서로의 얼굴에 노니는 그늘 자국에
말이 없어지는 사람들,
곧 허물어질 집을 바라보는
햇빛 지나간 서로의 눈빛에서
돌아갈 집을 찾는 길 잃은 저녁 해가 비친다
나무 아래 평상에서
저녁을 맞는 동네 사람들은
무언(無言)으로 서로에게 말한다
평상에 있던 웃음과 말들이
눈빛 속에 남아 있길,
마을과 함께한 삼백년 된 나무가
사람들에게 푸른 잎 의자를 내준다

실보 고메로

　카나리아제도 라고메라섬의 목동들은 휘파람 언어를 사용한다고 한다. 이 휘파람 언어를 '실보 고메로'라고 한다. 페르티카라고 하는 긴 지팡이를 사용해서 옮겨다니는 바위투성이의 깊은 협곡에서 휘파람 언어가 생겨났다고 한다. 계곡의 비탈을 이리저리 옮겨다니는 수고를 피하기 위해 휘파람을 불어서 전언을 전달했다고 하는데, 휘파람 언어가 가장 멀리 전달된 공인 기록은 십 킬로미터에 달한다고 한다. 한편, 라고메라섬의 목동들은 미사 중에 성경 구절을 휘파람으로 낭송했다는데 섬의 시장은 목동들의 휘파람 성경을 견디다 못해 성당 문을 폐쇄해버렸다고 전해진다.

　장대 같은 지팡이를 짚고
　눈먼 어린아이 하나가
　천원만 주세요
　손잡이도 잡지 않고
　전철의 흔들림에 박자를 넣는다

　꾀꼬리 울음이 구슬프다고 하는데
　아마도 사람이 그걸 흉내 내어 발성을 한다면

저 아이의 목소리를 두고 하는 말일까 싶다

전철이 성당이라도 되는 듯
눈먼 아이가 구걸하는 소리가
찬송 같기도 하고
성경 구절 같기도 한데
듣는 사람은 없다

우리가 모르는 낯선 땅
낯선 골짜기에서 들려오는
휘파람 언어 같다
가장 가까이에 있지만
가장 멀리 떨어져 있는 사람들에게
호소하는 기도송 같다

전철 안 사람들 사이를
말발굽처럼 휘젓고 지나가는
휘파람 성경에도 끄떡없는,
아이의 흔들리는 발걸음으로는

들어갈 수 없는 사람들로 빽빽한
이 기다란 성당 문

빙하 나이테

눈이 내렸다 그쳤다 하며 몇십만년 압축되는 걸
상상해보세요 이 층(層) 하나가 그 시대의 눈입니다
빙하의 나이테인 거죠
이 시대 때는 먼지가 많이 쌓였나봐요
하얀 눈이 아니라 잿빛 눈이잖아요
그것도 먼지가 저렇게 많다는 것은
그 시대에 어떤 큰 사건이 있었다는 겁니다
예를 들어 저건 화산재일 수도 있는 거죠
북극에 화산재가 날아올 정도로
지구에 큰 화산 폭발이 있었다는 거죠
층층층 하나가 다 굉장한 시간을 가지고 있어요
이 안에 있는 기포들은
그 시간대의 공기인 거죠
그래서 이 빙하가 만년이라고 하면
시간대별로 공기가 저장이 돼 있는 거죠
지구온난화로 인해 이러한 빙하가 많이 녹고 있어요
어쩌면 먼 미래, 아니 그렇게 멀지 않을 수도 있겠네요
이 빙하들이 전부 녹으면 과거의 기후가 어땠는지
영영 알 수 없을지도 모르겠죠

뉘올레순 북위 79도 극지연구소
고등학생 대상 북극 캠프
소년들이 동굴 탐사를 떠난다
올해 눈 때문에 동굴의 입구가 막혀 있다
소년들은 삽으로 눈을 퍼내며
장난으로 북극 눈 맛을 보고 있지만
녹지 않는 빙하 속에는 바이러스가 냉동되어 있을 수 있다
극지연구소 연구원은 이 눈은 괜찮다고 한다*

마침내 눈 속에서 사람 몸 하나가
간신히 들어갈 만한 동굴 입구가 나타나고
동굴 안 층층이 쌓여 있는 빙하 나이테가
화면에 펼쳐진다 북극여우는 털이 여름엔 갈색
겨울엔 흰색으로 바뀐다고 한다
눈 내리는 밤, 유튜브로 북극여우를 검색하다가
북극 동굴 탐사를 하는 소년에게
빙하의 나이테를 배운다
지구는 365일 생명들이 저마다

계속 써야 할 달력이다

* 유튜브 용큐멘터리. 극지연구소 2019 북극연구체험단 21C 다산 주니어 영상에서.

어느 북 장인과의 인터뷰

북 메우는 장인의 맑은 마음이 없으면
그 영혼을 흔드는 울림을 낼 수 없거든
맨 마지막에 이루어지는 음잡이 과정은
연륜이 깊어 노련한 귀를 가진 사람만이 할 수 있는
난산 중의 난산이거든

북을 만드는 과정은
나무를 자르는 과정만 제외하고는
모든 공정이 손으로 이루어지는 수작업이야
온갖 정성과 심혈이 깃든 마음이 없다면
무용지물의 북이 되지
북은 마음이야
마음을 다스리는 것이 곧 북이지
북을 만들 때는 조상의 얼이 담긴
전통 악기의 맥을 잇는다는 사명감을 가지고
오랫동안 사용할 수 있는
북을 만들어야 해

난 북을 이제껏 제대로 쳐본 적이 없어

북쟁이가 북에 빠지면 북을 만들 수가 없는 법이거든

IMF가 있던 1997년
나는 늦은 나이로 대학에 편입하여 다니면서
학비를 벌기 위해 사보에 인터뷰 기사를 쓰곤 했다
그 무렵 북을 만드는 장인을 만났다

시를 업으로 삼으려는 시쟁이가
자신의 언어에 빠지면 시를 제대로 만들 수가 없어
시는 일상어라는 나무를 베어내고 잘라내는 것만 제외하
고는
언어를 다듬는 모든 공정은 수작업으로 이루어지지
그리고 온갖 정성과 심혈이 깃든 마음이 없다면
그 시는 무용지물의 시가 되지……

북 만드는 장인의 말이 시에 대해 이야기하는 것으로 들렸
다. 그 시절 내 시는 대체로 어두웠다. 그러면서도 희망을 품고
싶어했다. 그 희망은 어떻든 시를 쓰는 것이었고, 무엇보다 내
게 중요한 것은 언제나 시를 쓸 수 있도록 나 자신을 만들어놓

는 것이었다. 나는 나 자신을 시의 상태로 만들어내기 위해 무던히 노력했고, 나 자신이 그럴듯하게 생각되는 시를 쓰게 되면 시 쓰는 친구나 후배들에게 자랑하듯이 '몸이 갠다'라는 표현을 쓰곤 했다. 시가 잘 써지면 흐린 날씨가 화창하게 개듯, 몸이 개는 듯한 느낌이 든단 말이지. 그런데 북 만드는 장인의 마지막 말이 내 뒤통수를 후려치는 것 같았다. 사자의 울음 한번에 여우의 두개골이 빠개지듯이, 나는 내 시가 나 자신의 연민의 산물임을 깨달았다. 북을 만들기 위해서 북쟁이는 북을 제대로 쳐서는 안 된다는 것. 북쟁이가 북에 빠지면 북을 만들 수가 없으니까.

뒤란의 시간

뒤뜰이라는 말을 고향에서는 뒤란이라고 불렀다. 뒤란에는 대숲이 있고 감나무가 있고 그 감나무 아래 장독들이 놓여 있었다. 뒤란에는 새들 먹으라고 사발에 흰 밥알이 담겨 있었다. 그리고 장독대에서 퍼내는 것들은 구수한 이야기가 되었다. 앞뜰에서 하지 못하는 속이야기를 우리들은 뒤란에서 할 수 있었고, 새하고도 먹을 것을 나눠 먹을 줄 알았다. 감나무에서 떨어진 떫은 감을 뒤란의 그늘로 가득한 장독 뚜껑에 올려놓고 우려먹던 맛은 또 어땠는지. 한여름, 장독대 위에서 익어가며 땡감이 홍시처럼 달콤해지는 시간이 뒤란에는 있었다.

시선

1

눈빛은 사람을 죽일 수 있을 만한 힘을 갖고 있다고 한다. 눈언저리가 찢어지도록 질긴 눈싸움 끝에 호랑이를 이긴 진나라 사람의 이야기는 재미있지만 중국 문화혁명 당시 자살한 저명한 문인 라오서(老舍)에 얽힌 이야기는 가슴 아프다. 군중에 의해 자아비판대에 올랐던 그는 호수에 몸을 던졌다. 성난 얼굴과 사나운 눈초리 앞에서 생명이 소진되어 죽을 수 있는 힘밖에 남지 않았다는 것이다.

2

태양계의 마지막 행성인 해왕성이나 명왕성에서 바라보면 지구는 '창백한 푸른 점'처럼 보인다고 한다. 무인우주탐사선이 보내온 전송사진에 따르면 그렇다는 말이다. 만약 외계인들이 태양계에 근접해 지구를 바라본다면 어떻게 될까? 그때에도 우리가 믿는 것처럼 지구가 우주의 중심이며, 유일한 생명체를 지닌 축복받은 별일까? 그들이 아무 생각 없이 바라본다면 지구는 수성이나 목성과 구별할 수 없는 태양계에 딸린 작고 보잘것없는 변방 행성에 불과할 것이다. 우리의 사고를 먼 곳으로 이동시켜 '나'와 '우리'를 내려다본다면, 그곳이 태양계 바깥의 은하계이든 미래의 시간이든 멀리 이동된 공간을 통해 우리는 우리의 존재에 대해 생각해볼 수 있을 것이다.

3

대부도에 놀러 갔다가 우연히 길가에서 동춘서커스 천막을 보았다. 향수에 자극되어 일행과 함께 표를 끊고 서커스를 관람했다. 늙은 코끼리나 곰 묘기 혹은 그만큼 늙은 광대들의 애수 어린 묘기를 기대하고 들어갔지만, 예상과 달리 무대는 십대 소녀 소년들의 아크로바틱한 묘기로 가득했다. 그중의 인상적인 묘기 두가지. 공중에 달린 줄 하나에 의지하여 소녀는 허공에서 묘기를 펼치고 밑에서 소년이 그 줄을 잡고 돌린다. 소년이 줄을 돌릴 때마다 소녀는 관객석과 무대 바닥에 스칠 듯이 원을 그리며 비상하면서 춤을 춘다. 또 하나는 도자기나 공을 머리 위에 올리고 자유자재로 방향을 꺾는 서커스. 그 묘기를 하는 소년은 얼마나 연습을 했는지, 또 머리 위에 얼마나 많은 도자기나 공을 올려놓았는지, 도자기나 공이 닿는 부분에 머리털이 없다. 그 모습을 보자 시를 써오면서 시가 어렵다느니 고통스럽다느니 하며 시와 영혼의 문제에 대해 자긍심을 가졌던 내 마음에도 저렇게 머리털이 휑한 데가 있는지 돌아보게 된다. 공연이 끝나고 나는 이제까지 시를 너무 쉽게 써왔다는 자책을 하며 바깥으로 나오는데, 서커스를 공연했던 한 소년은 벌써 천막 바깥에서 해맑게 웃으며 주전부리를 찾아 공원 매점으로 들어간다.

4

한 늙은 노숙자가 서울역 대합실 의자에 앉아 있다. 그는 기차를 타고 어디론가 떠나는 사람들을 하염없이 쳐다보고 있다. 그는 역전에서 사는데 어디로도 떠날 수 없는 사람이다. 그런데 정말 그의 시선은 떠나는 사람들을 향해 있는가, 아니면 멍하니 사람들을 바라보며 집요하게 자신의 내부만을 향해 있는가. 어쩐지 후자일 것 같다.

테두리

테두리에서 빛이 나는 사람
꽃에서도 테두리를 보고
달에서도 테두리를 보는 사람

자신의 줄무늬를
슬퍼하는 기린처럼
모든 테두리는 슬프겠지

슬퍼하는 상처가 있어야
위로의 노래도 사람에게로 내려올
통로를 알겠지

물건을 사러 잠시 집 밖으로 나왔다가
바람에 펄럭이는 커튼 사이로
안고 있던 여인의 테두리를 보는 것
걸음을 멈추고 흔적을 훔쳐보듯 바라볼 때
여인의 숨내도 함께 흩어져간다

오늘과 같은 밤에는

황금빛 줄무늬를 가진

내 짐승들이

고독을 앓겠지

둑방에서 쓴 일기

헛되이 흘려보낸 몽상들이 저기 저 낮게 내려온 흐린 겨울 하늘에 떠 있다. 붉은 구름들, 나를 재빨리 읽고 일몰의 강물 속으로 빨려드는 태양과 끝내 주문을 풀지 못해 돌이 되어버린 어린 시절의 동화책 같은 검은 나무들. 그 사이로 가녀리게 떠 있는 희미한 햇빛들…… 사랑, 믿음, 꿈, 내일, 도시, 이런 것들에 둘러싸여 걷다보면 어느새 둑방에 소년이 혼자 남아 있다. 그리고 나는 음악 교과서에도, 이 세상 어떤 악보에도 기록되지 않은 노래를 가만히 불러본다.

그러면 마음 한구석에 이상한 풍경이 펼쳐진다. 그곳에는 이미 어둠이 없다. 발끝을 잡아채며 흘러가는 강물 소리도, 밤바람의 검은 발걸음 소리도 들리지 않는다. 거기에는 더이상 이 지상의 아무것도 들어올 수 없다.

무섭게 귀를 할퀴며 뒤쫓아오던 바람의 매운 손톱과 배고픔과 어머니에 대한 그리움. 소년이 혼자만의 세계 속에서 꿈을 꿀 수 있었던 것은 가난과 울타리처럼 둘러쳐져 있던 삶의 어떤 숙명을 스스로가 깊게 사랑했기 때문이다. 자신이 할 수 있는 일은 종종 자신이 그것을 하려 하느냐의 문제일 뿐이라고. 그리고 그것을 떠나기 전에 누가 미리 말해주었더라면 가지 않았을지 모른다고. 그러나 비로소 그곳에

가면 불가능하다고 믿었던 많은 것들이 소년에게 가능해진
다고……

눈망울

자전거도로 한복판 중앙선에
참새 한마리 앉아 있다
바퀴에 날개 한쪽이 잘려서
날지도 못한 채 꼼짝 않고 앉아 있다
노란 중앙선엔
자전거도 넘나들지 못한다는 것을 아는지
몸을 떨며 앉아 있다
지나가는 소년 하나가
속도에만 관심 있는 자전거와
운동하는 사람들 사이로
손을 들고 나와 산책로의 속도를 잠시 늦춘다
중앙선으로 다가가 참새를 손바닥에 올려놓고
길가로 돌아와 풀숲에 내려놓는다
손바닥에 앉아
소년을 올려다보던 참새의 눈망울
손바닥의 참새를 내려다보던 소년의 눈망울
그 짧고 느린 시간 동안
산책로의 무표정한 속도들 사이로
섬 소리가 들리며 흘러가고 있다

아직 켜 있는 줄 아세요

박연준

잠자는 숲속의 짐승.

허공을 향해 나직이 불러봅니다. 눈치채셨겠지만 '잠자는 숲속의 짐승'은 바로 선배입니다. 숲길을 걷다 문득, 등이 순한 짐승처럼 웅크린 채 빛을 베고 자는 사람, 선배를 생각하면 떠오르는 이미지입니다.

자는 사람은 잠든 사람과는 좀 다릅니다. 잠든 사람은 잠 너머로 훌쩍 가버린 사람에 가깝지만, 자는 사람은 잠의 현재형을 이루며 잠과 현실 사이의 경계에 아슬아슬하게 끼여 있는 사람에 가깝습니다. 자는 사람은 언제라도 깨어나 이쪽으로 뚜벅뚜벅 걸어올 것도 같고, 반대로 잠 너머로 아예 가버릴 것도 같은 사람이지요. 자는 사람은 자면서도 깨어 있는 사람, 눈 감고 잠 속을 배회하지만 이쪽을 아예 등지진

못한 사람, 순한 사람이지요.

선배 시엔 유독 '잠'이 자주 등장합니다. 우리가 시를 두고 나눈 긴 대담* 기억하시나요? 제가 선배 시에는 왜 이토록 잠이 자주 등장하느냐고 물었잖아요. 선배는 "30대 때까지만 해도 잠에 빚진 사람처럼" 잠을 많이 잤다고 말했습니다.

"인천의 산동네인 보금자리로 돌아오면 저녁 10시쯤 되고 그 뒤로는 밤새도록 뒤척이거나 시를 쓰곤 했어요. 하도 시에 몰두하다 보니 비몽사몽 중에 새벽 꿈속에서 유명한 시인의 시집을 읽거나 나오지도 않은 내 첫 시집을 읽기도 했습니다. 정말 머리맡에 볼펜과 백지만 놓여 있으면 꿈속의 시를 그냥 옮기기만 하면 될 것 같았죠.

그리고 몽상적인 차원에서 보자면 잠이야말로 이 세상의 이루어지지 않는 꿈들의 저장고였죠. 거기에는 비극에서부터 희극에 이르기까지 모든 삶이 비치되어 있었어요. 저는 밤마다 그 꿈들의 문을 여느라고 잠 속에서 정말 바쁘게 살았습니다. 잠 속에서는 아주 적극적이었죠.

그런데 지금은 희한하게도 그런 꿈이 잠 속에서 사라져가고 있어요. 수동적인 잠, 피곤한 잠이 되고 만 것이지요. 박연준 시인이 '슬픈 짐승이 잠이라는 빛구멍으로 숨는다'라

---

* 「지금 이 삶의 아주 사소하고 누추한 것들의 꿈」, 『시사사』 2012년 7-8월호.

는 아름다운 말을 해주셨는데, 한때의 제 잠이 그랬어요. 잠 속에서 슬픈 짐승이 식물처럼 자라나는 그런 아름다운 시절이 있었어요."

　잠 속에서 슬픈 짐승이 식물처럼 자라난다니! 이런 아름다운 비유를 아무렇지 않게 툭툭 뱉어내는 게 바로 선배입니다. 선배, 시가 뭘까요? 이런 과격한 질문을 던지면 선배는 특유의 너털웃음을 보이며, 충청도 억양이 듬뿍 밴 소리로 "내가 어떻게 알어~"하겠지요? 그러면 저도 큭큭 웃으며 딴 데나 바라볼 수밖에 없을 거예요. 시가 무엇인지 단언할 순 없겠지만 무엇과 비슷한지, 무엇 '같은'지 여러번에 걸쳐 생각해볼 순 있겠지요. 저는 잠 속에서 식물처럼 자라나는 짐승이 꿈에서 보거나 들은 것, 느끼고 생각한 게 시 같아요. 잠 속에서 식물처럼 자라나는 짐승이 꿈에서 돌아와 종이에 전생을 적듯 옛일을 적는 일이 시 같아요. 선배는 시를 위하여 잠 쪽으로 자꾸 몸을 던지는 걸지도 모르죠. 일어나 시를 쓰려고요. 모든 잠자는 존재는 무구하고, 멈춘 채 멀리 다녀올 수 있고, 사라질 수 있고, 여러 형태로 존재할 수 있고, 노래할 수 있으니까요. 잠의 무대가 당신 시의 무대였을까요? 잠을 털어내고 정신이 들면, 새로 빛이 차오를 때까지 시를 쓰던 밤이 한때 당신의 생활이었을 테지요. 이해해요. 저도 바퀴벌레가 출몰하는 어둑한 원룸에서 노상 시만 쓰며 보내던 시절이 있었거든요. 그땐 현실이 너무 끔찍해서 시 쓰는 일이 유일한 구원 같았는데요, 시가 유일한 도피처였어요. 그 시절 잠과 가난, 어둠 속에서 활개 치던 우리의 시들은 잘 지낼까요? 선배의 이번 시집 1부의 첫 시를 보고 혼자 두근거렸어요. 옛날의 안부를 들은 것처럼 아득해졌거든요. 선배 시에 아직도 '잠'이 이렇게 소중히, 열렬히, 묵직하게 등장한다는 사실에 안도했어요.

아라비아에 달나라의 돌이 있다
그 돌 속에 하얀 점이 있어
달이 커지면 점이 커지고
달이 줄어들면 점이 줄어든다

사물에게도 잠자는 말이 있다
하얀 점이 커지고 작아지고 한다
그 말을 건드리는 마술이 어디에
분명히 있을 텐데
사물마다 숨어 있는 달을
꺼낼 수 있을 텐데

당신과 늪가에 있는 샘을 보러 간 날
샘물 속에서 울려나오는 깊은 울림에
나뭇가지에 매달린 눈〔雪〕이
어느새 꽃이 되어 떨어져

샘의 물방울에 썩어간다
그때 내게 사랑이 왔다

마음속에 있는 샘의 돌
그 돌 속 하얀 점이
커졌다 작아졌다 하는 동안
나는 늪가에서 초승달이 되었다가 보름달이 되었다가
그믐달로 바뀌어간다
　　　　　　　　　　　　　　　—「달나라의 돌」 전문

이 시 앞에서 비밀을 목도한 사람처럼 휘청거렸습니다. 이유를 설명할 순 없습니다. 다만 이런 단어들이 제 앞에 뾰족한 비석처럼 차례로 서왔습니다.

달나라,
돌,
달,
늪가,
샘,
물방울,
그리고 "그때 내게 사랑이 왔다"라는 문장.

시 속 언어가 비석처럼 선다면, 오롯이 서서 아름다워진다면 그 시는 행복할 거라고 생각합니다. 시를 쓴 선배와 별 개로, 시 스스로 충만할 거라고요. 선배, 정말 그렇지요. 사물에게도 "잠자는 말"이 있어요. 깨어나면 더 많은 말을 해줄지 모르는, "잠자는 말"을 지닌 사물을 선배가 어눌한 목소리로 호명할 때 제 마음속 "샘의 돌"이 일렁입니다. 커졌다 작아졌다 해요. 이제 막 말을 배우는 아이처럼요.

시의 말 앞에서 누군가 거짓이야, 하고 말하면 시는 거짓이 됩니다. 시는 힘이 없으니까요. 그러나 시에 깃든 "잠자는 말"을 알아보고, "숨어 있는 달"을 꺼내 사용할 수 있는 누군가가 있다면 시는 힘을 갖습니다. 무적이 될 수도 있지요. 그때 시는 솟아오르고, 빛나고, 영원을 흉내 낼 수도 있을 거예요. 저는 선배의 시 앞에서 언제나 "잠자는 말"을 알아보고 "숨어 있는 달"을 사용할 줄 아는 독자였던 것 같아요. "잠자는 말"의 잠재력을 알아보았던 거지요. 그건 돌멩이와 같아서 던지며 놀 수도 있고, 사라지게 하거나 쥐고 잘 수도 있고, 깨워서 같이 있을 수도 있습니다. 소용이 있진 않지만 아름다워요. 아름다움 앞에서 소용을 묻는 일이 무슨 소용이겠어요? 시가 아름답지 않다면, 우리가 이토록 오랜 시간 시에 빠져 헤어나오지 못했겠어요? "비 향기 진동하는 지평선,/그 진동을 담은 시를/단 한편이라도 쓸 수 있을까" (「비의 향기」) 거듭 궁리하는 일도 없었겠지요.

밤새 엎드려 종이에 몇자 끄적이다가

144

잠이 들어 꿈을 꾸는데

밤하늘에 구멍이 난 듯 글자들이 아래로 떨어지기 시작
한다

—「은하」부분

떨어지는 것들은 밤하늘에서 아래를 향해 떨어집니다. 그
것은 분명 별 대신일 테니 빛나겠지요. 떨어지는 글자들은
선배의 시를 이루는 본질적 요소입니다. 그런데 위에서 아
래로 떨어지는 것 중 슬프지 않은 게 있을까요? 떨어지는 것
은 깨지거나 나뒹굴 운명에 처한 것, 버려지는 것, 착지하면
서 슬픔을 비릿하게 묻히는 것들이니까요. 선배는 「아침의
추락」에서 "천사의 눈동자로 가득한 나무"를 꿈속에서 보았
다고 썼습니다. 그 눈동자에서 "수천수만의 내가 비쳐 나오"
는 모습을 바라보는 화자를 그렸지요.

나무가 잎사귀를 흔들 때마다

바람의 영혼에서 솟아나는 음표처럼

물방울 속에서 찰랑거렸다

그러다 이윽고 땅으로 떨어져내렸다

천사의 눈에 비치면

저승에 간다는 말이 생각났다

눈부신 아침의 추락이었다

—「아침의 추락」부분

천사의 눈동자로 이루어진 나무, 그 수천수만의 물방울 같은 눈동자 속에 알알이 박힌 '나'. 그 아름다운 것은 필연적으로 땅으로 떨어지고 맙니다. "눈부신 아침의 추락", 꿈에서의 추락, 뛰어내리는 천사의 눈동자가 당신의 시를 이룹니다. 그러니 "한권의 시집을 지구에 떨어뜨리리라"(「나는 달을 믿는다」) 다짐하는 당신에게 시는 떨어지는 것, 위에서 아래로 내리는 것, 까치발을 들고 사뿐히 내려앉는 것, 눈처럼 고요히 쌓이는 것이겠지요. 한편 떨어진 것들은 떨어지기 이전, '공중'의 생활에 온 마음을 다했던 존재이기도 하지요. 시가 태어나기 전, 뭔가 중요한 일(사건)은 공중에서 일어나지요. 선배의 시 두편을 나란히 두고 읽어보지요.

공중(空中)이란 말
참 좋지요
중심이 비어서
새들이
꽉 찬
저곳

그대와
그 안에서
방을 들이고

아이를 낳고
냄새를 피웠으면

공중(空中)이라는
말

뼛속이 비어서
하늘 끝까지
날아가는
새떼

　　　　　　　　—「저곳」(『물속까지 잎사귀가 피어 있다』,

　　　　　　　　　　　　창작과비평사 2002) 전문

이슬방울 속에
집 짓는 달

당신이 불며
웃는 모습 좋았죠

먼발치에서
꽃 피는 날 오거든

이슬방울 집

작은 방 불빛

당신의 입김에
흔들리며

아직
켜 있는 줄 아세요
　　　　　——「우리가 아직 물방울 속에서 살던 때」 전문

　이번 시집에 수록된 「우리가 아직 물방울 속에서 살던 때」
를 읽자마자 「저곳」이란 시를 떠올렸습니다. 두 시 사이엔
거의 20년의 시간이 흐르네요. 시간은 흘렀지만, 선배는 아
직도 자주 공중에 눈길을 주고, 그곳에 아슬아슬 매달려 사
는 아름다운 것들에 마음 빼앗겨 있고, 종종 떨어지며, 떨어
진 것들로 이루어진 시를 쓰고 있습니다. 별안간 조금 울고
싶어졌습니다. 당신의 잠, 당신의 공중, 당신이 키우는 텅 빈
"이슬방울 집" 같은 것을 생각하다가요. 안도와 슬픔이 작은
조약돌처럼 나란히 도착했습니다. 물론 그사이, 당신은 변
했다 하시겠지요. 예전처럼 부끄럼을 타진 않노라고, 부끄
럼을 '덜' 탄다고 할 겁니다. 실제로 인터넷에서 오래전 선
배가 낭독한 「저곳」을 찾아 들으니, 수줍음으로 옷을 해 입
은 결혼 안 한('못한'이었을까요?) 총각의 목소리가 새삼 풋
풋하게 들리더군요. 그러나 저는 두 시의 간극에서, 그럼에

148

도 불구하고 당신의 한결같음을, 아직 간직하고 있는 소년의 순정을 느낄 수 있었습니다. 앞의 시에서 순결한 소망이 느껴진다면, 뒤의 시에선 "아직/켜 있는" 소망이 느껴지거든요. 들판을 홀로 걸어가는 '어린 선구자', 장년이 되었지만 "아직/켜 있는" 불빛을 지키는 숨은 소년이 보이더군요.

선배, 변하지 않는 게 어디 있냐고 사람들은 말하잖아요. 영원한 사랑도, 영원한 우정도, 영원한 무엇도 없다고들 하잖아요. 그건 옳은 말이지만, 빛나는 말은 아닌 것 같습니다. 영원할 순 없어도, 더디게 변하는 건 있지 않을까요? 가령 선배가 그린 "공중"에서 "이슬방울 집"까지의 시간, 그사이 느리게 움직이는 결기 같은 거요. 떨어지기까지 오래 걸리는 사랑 같은 거요. 중력을 거스를 수 있다는 말이 아니라, 좀더 찬찬히 내려앉는 게 있다는 말이 하고 싶은가봐요. 선배가 시 속에서 "아직/켜 있는 줄 아세요" 할 때, 고개를 살짝 숙이며 말하는 자의 수줍은 고집 같은 걸 얘기하고 싶은가봐요. "소년 때는 십오도 각도로 하늘을 보며 걷거나/반대로 십오도 각도로 땅을 보며 걷는다"(「바다 예찬」)고 쓴 선배는 훗날 깊이 늙어도 좀 느려서, 변해도 십오도, 변치 않아도 십오도의 기울기로 유연하리라 믿고 싶은가봐요.

다른 이야기 하나 더 할게요. 저는 한국 시단에 박용래 계보를 잇는 사람이 몇 있다고 생각하는데요, 저와 선배가 아무래도 이쪽 계보가 아닌가 생각해요. 그러니까 울보 계보를 말하는 겁니다. 저야 아는 사람은 알지만, 왕년에 한번 시작하면 네다섯시간은 쉬지 않고 내리 우는 알아주는 울보(진상)였고요. 선배도 우는 일에 빼놓으면 섭섭한 사람, 시집 제목을 '생각날 때마다 울었다'로 지어 내놓은 적도 있는 사람이잖아요. 덕분에 제겐 울고 싶을 때마다 그 시집을 펼쳐놓고 대놓고 울던 한 시절이 있었습니다. 아버지 돌아가시고 삼우제를 지낸 날, 혼자 방에 돌아와 1부의 첫 시 「황혼」을 또박또박 베껴 쓰곤 또 울었지요.

아버지 삼우제 끝나고
식구들, 산소에 앉아 밥을 먹는다

저쪽에서 불빛이 보인다
창호지 안쪽에 배어든
호롱불

아버지가 삐걱 문을 열고 나올 것 같다
　　　　—「황혼」(『생각날 때마다 울었다』, 문학과지성사 2011) 전문

　슬플 때 누가 옆에 있으면 성가시잖아요. 울어야 하는데, 누가 자꾸 말리면 화가 나잖아요. 울어야 풀리는데, 풀지 못하게 마음을 친친 동여매놓는 것 같아 답답하잖아요. 그럴 때 저는 방에 앉아 『생각날 때마다 울었다』를 낭독하며 몸에 가득 찬 짠 기운을 빼냈답니다. 조금 울고, 다시 읽고, 또

조금 울고, 일어나 밥 먹고, 다시 울고, 잠들고, 깨어나 또 울고 나면 속이 맑아졌어요. 우는 사람은 속을 맑게 개려고 애쓰는 사람일까요. "나는 골목의 계단을 올라가며/집집마다 흘러나오는 불빛을 보며 울리라"(「나는 달을 믿는다」)고 다짐하는 선배의 마음에 제 마음도 얹어봅니다. 잘 울기. 성심을 다해 울고, 그다음 날 뗴꾼한 얼굴로 일어나 시 쓰기. 우리가 할 수 있는 건 고작 이 정도의 일일지도 모르겠네요.

선배의 시에 늙은 사람이 자주 등장할 때, 가령 "늙은 남녀가 나란히 앉아 똥을 누고 있"(「아침 인사」)는 아침이나 "아파트 유휴지 튤립밭에 노파가/그네 의자에 앉아 어깨를 들썩이며"(「튤립밭」) 우는 모습을 바라볼 때, "슬픔도 환할 수 있다는 걸"(「저녁나절」) 믿을 때, 울지 못하는 날엔 "누군가를 등 뒤에서 바라보며/울고 싶던 날들이 그리워진다"(「토끼의 서성거림에 대하여」)고 할 때 저는 안도합니다. 우리가 다름 아닌 슬픔의 족속, 눈물의 시인 계보에 있다는 게 자명해지는 듯해서요.

이 글이 선배의 시집 뒤편에 놓일 거라 생각하면 말이 한마디도 나오지 않을 듯해서, 논둑을 걸어가는 선배의 등을 부지런히 상상했습니다. 등 뒤에 대고 두런두런, 말을 거는 중이라 생각했습니다. 저는 원래 등을 좋아하거든요. 그러다 선배와 제 이름 두 글자도 생각하게 되었어요. 우리는 이름 두 글자가 한자까지 똑같은데, 그걸 사뭇 즐거워하기도 했잖아요(참고로 시인 박준까지 셋이, 이름에 같은 한자를 두개나 쓰지요). 우리의 대담에서 선배가 제 이름과 선배 이름 이야기를 길게 해주신 일 기억하세요? 저는 그 이야기를 오래 기억하고 있답니다.

"'준(浚)'은 깊다는 것이고, '연(蓮)'은 연꽃이니까 박연준 시인은 깊은 못 속에서 태어난 연꽃이겠네요. 박연준 시인의 시도 그런 것 같아요. 연꽃과 같은 여성성과 품위 같은 게 느껴져요. 어려운 삶에서 뭔가를 승화하고 그래서 아름다움이 계속되는 찬란하고 깊은 이미지가 느껴집니다.

저는 '형(瀅)'이 '맑다'는 거예요. 거울처럼 맑고 깊다는 건데, 우리는 둘 다 이름이 '물'하고 연관이 있는 것 같네요. 저는 음력으로 3월에 태어났으니까 봄의 물이고 맑은 물이에요. 이름대로 봄의 물. 그 샘물에 자신의 이미지를 비추며 흐르는 물속에서 자신의 아름다움이 깊어지고 완성되어가는 삶을 살았으면 참 좋았을 텐데, 갈수록 깊은 것만 있는 늪 같아져서 좀 그러네요."

선배의 이름, 맑고 깊은 물을 생각합니다. 그러다 선배의 시에 왜 '물기'가 어려 있는지 알 것 같은 기분이 들지요. 테두리에 물을 머금어, 안으로도 밖으로도 빛을 흘리는 것들. 시인이 사물이라면 젖지 않은 채로 물을 가득 머금은 존재가 아닐까요? 몸에서 물기를 숨길 수 없는 데가 눈이지요. 눈빛은 물빛이기도 해요. 바깥 풍경을 담는 장소이자 내면의 풍경을 보이는 장소. 그건 어쩐지 우물 같기도 거울 같기도 해서, 무언가 퍼올릴 수 있을 것 같네요. 선배의 이름 '형준'은 거울처럼 맑고 깊다는 뜻이고, 거울은 고체로 변모한 물이 아닌가요! 이런 생각을 하다「테두리」란 시를 다시 읽어보면 느낌이 새롭습니다.

> 테두리에서 빛이 나는 사람
> 꽃에서도 테두리를 보고
> 달에서도 테두리를 보는 사람
>
> 자신의 줄무늬를
> 슬퍼하는 기린처럼
> 모든 테두리는 슬프겠지
>
> ―「테두리」 부분

"그러니까 시는 제게 어머니와 아버지와 누나들과 형과 그리고 이 세상의 모든 사물들과 추억과 미래와 연결될 수 있는 가느다란 삶의 끈입니다. 언제 끊어질지 모르지만 절박한 사람에게는 그런 생각을 할 시간이 전혀 없습니다."

시가 "삶의 마지막 끈"이라고 했던 선배의 말을 떠올려봅니다. 그 끈은 때로 기다랗게 자라 흙 속 뿌리가 될 수도, 짤막해져 허공의 나뭇잎처럼 매달릴 수도 있겠지만 선배의 삶과 시를 이어주는 특별한 끈으로 존재하겠지요. 혹 끊어지는 일? "절박한 사람에게는 그런 생각을 할 시간이 전혀 없"을 테니 무슨 걱정이겠어요. 다만, 절박해지기로 해요.

살면서 휘어질 때마다, 선배의 시를 사용하겠습니다. "달나라의 돌"을 가지고 놀듯, "잠자는 말"을 곁에서 깨우듯. 그러면 "슬픔도 환할 수 있다는 걸" 믿게 되겠지요. 내내 평안하시길. 총총.

朴蓮浚 | 시인

시집 교정지를 출판사에 보내려고 언덕의 우체국으로 간
다. 가는 김에 굽이 닳은 구두를 언덕의 구두 수선집에 맡기
려고 함께 들고 간다. 구두를 수선해주듯이 누군가 내 시도
수선해주었으면 좋겠다.

도움 주신 분들 덕분으로 부끄러운 대로 시집을 엮는다.
추천사와 발문을 써주신 이원 시인과 박연준 시인, 꼼꼼하
게 교정을 봐주신 박지영 편집자님, 창비 출판사와 관계자
분들께 감사의 마음을 전한다.

2020년 6월
박형준

창비시선 445

줄무늬를 슬퍼하는 기린처럼

초판 1쇄 발행 / 2020년 6월 25일

지은이 / 박형준
펴낸이 / 강일우
책임편집 / 박지영 박문수
조판 / 한향림
펴낸곳 / (주)창비
등록 / 1986년 8월 5일 제85호
주소 / 10881 경기도 파주시 회동길 184
전화 / 031-955-3333
팩시밀리 / 영업 031-955-3399 편집 031-955-3400
홈페이지 / www.changbi.com
전자우편 / lit@changbi.com

ⓒ 박형준 2020
ISBN 978-89-364-2445-9 03810